시니어 신무협 장편소설
ORIENTAL FANTASY STORY & ADVENTURE

일보신권
7

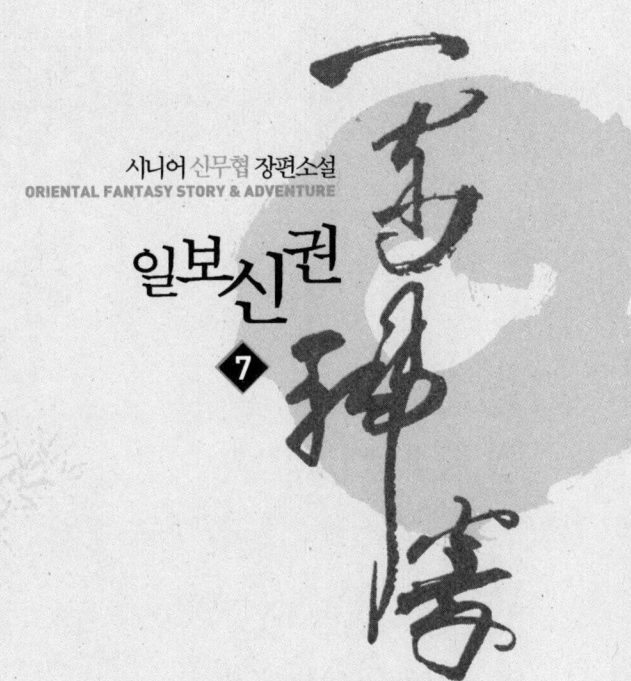

dream
books
드림북스

일보신권 7
혼돈의 전조

초판 1쇄 인쇄 / 2010년 5월 27일
초판 1쇄 발행 / 2010년 6월 7일

지은이 / 시니어

발행인 / 오영배
편집장 / 김경인, 지영훈
편집 / 윤대호, 김재영, 김유경
펴낸 곳 / (주)삼양출판사 · 드림북스

주소 / 서울특별시 강북구 미아8동 322-10호
대표 전화 / 02-980-2112 팩스 / 02-983-0660
편집부 전화 / 02-980-2116 팩스 / 02-983-8201
블로그 / blog.naver.com/dreambookss

등록번호 / 제9-00046호
등록일자 / 1999년 3월 11일

ⓒ 시니어, 2010

값 8,000원

(주)삼양출판사 · 드림북스의 서면 허락 없이는 어떠한
형태나 수단으로도 이 책의 내용을 이용하지 못합니다.

ISBN 978-89-542-3758-1 04810
ISBN 978-89-542-3281-4 (세트)

* 지은이와 협의하에 인지는 생략합니다.
* 잘못된 책은 구입한 곳에서 바꾸어 드립니다.

시니어 신무협 장편소설
ORIENTAL FANTASY STORY & ADVENTURE

일보신권

7

혼돈의 전조

dream books
드림북스

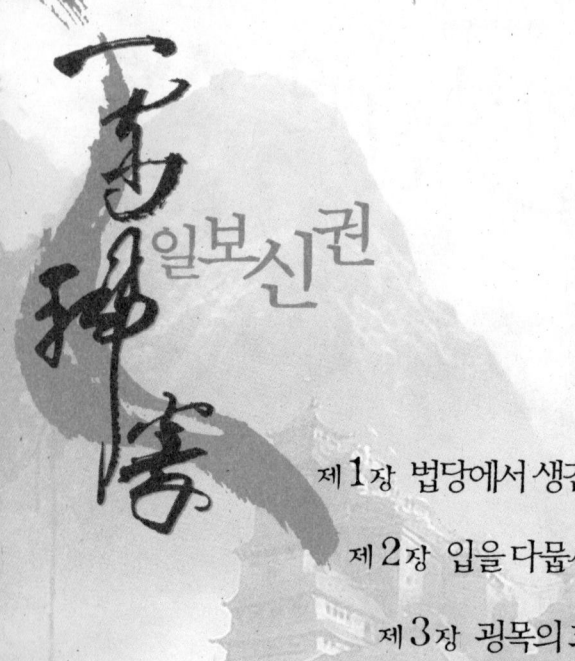

목차

제1장 법당에서 생긴 일   *007*

제2장 입을 다뭅시다   *041*

제3장 굉목의 과거   *077*

제4장 시큼떨떠름한 밤   *121*

제5장 떠나는 이는 한과 미련을 품는다   *153*

제6장 이유 있는 도전　　189

제7장 도전권 쟁탈전　　221

제8장 화해　　263

제9장 모용전의 계책　　295

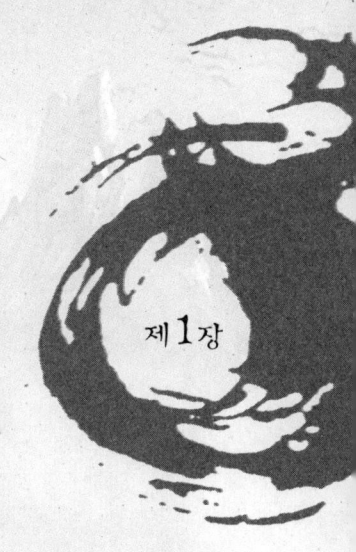

제1장

법당에서 생긴 일

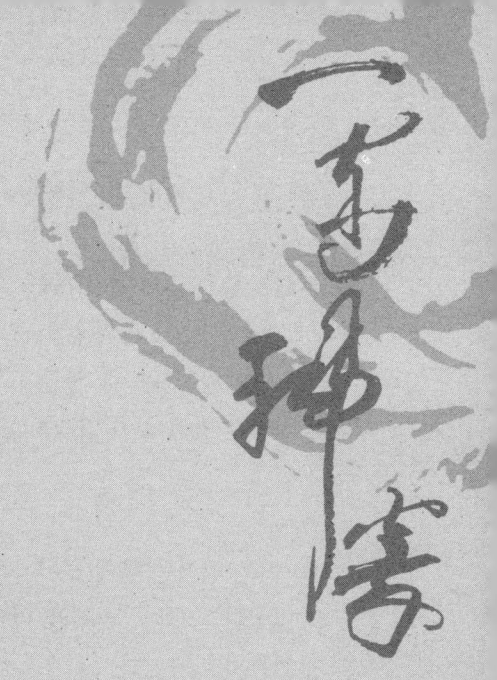

 칠흑 같은 어둠이 내려앉은 밤.
 소림의 내원 깊숙한 곳에 자리한 작은 법당만이 유독 환하게 불을 밝히고 있다.
 싸늘한 날씨인데 법당의 창틈으로 뿌연 김이 몽글몽글 피어올라 따스한 기운이 느껴진다.
 이 작은 법당은 소림을 찾은 처자들을 위해 특별히 마련된 목욕탕이다.
 오늘의 순번은 남궁지가 특별히 요청한 대로 당예와 제갈영, 양소은이 함께하고 있었다. 장건에 대한 얘기를 비밀리에 나누기 위해서였다.

한데 특별한 불청객이 나타나고 말았다.

강호제일미로 소문난 미녀 백리연이었다. 본래 순번이 아님에도 불구하고 그녀를 따르는 학사 출신의 이병이 끈질기게 요구하여 백리연도 들어오게 된 것이다.

먼저 들어와 있던 네 사람은 백리연의 갑작스러운 등장에 누가 먼저랄 것도 없이 입을 다물고 말았다.

"……"

"……"

백리연은 먼저 목통에 들어가 있던 넷에게는 조금의 관심도 두지 않았다. 그들이 자신을 알아보는 것은 당연하다 생각하고 있었는지도 몰랐다.

백리연은 미리 와 있던 넷은 아랑곳 않고 천천히 옷을 벗기 시작했다.

당예가 자기도 모르게 중얼거렸다.

"예, 예쁘다……"

백리연은 당예를 힐끗 보더니 가볍게 미소를 지었다. 칭찬에는 익숙하지만 그래도 기분은 나쁘지 않은 모양이었다. 물에 젖어 아롱거리는 머리를 헤치며 발그레 달아오른 뺨으로 웃는 모습에 여자들도 반하고 말 지경이었다.

하지만 양소은은 애써 백리연을 외면하며 퉁명스럽게 말했다.

"성격도 외모만큼만 했으면 얼마나 좋아?"

백리연이 살포시 인상을 쓰며 양소은을 보았다. 그러고 보니 소림에 오는 도중에 시비가 붙었던 그 여자였다.

"양가장에서 왔다 했었나? 남의 일에 신경 쓰지 않았으면 좋겠는데?"

양소은이 혀를 찼다.

"어떻게 신경 쓰지 않겠어. 그 예쁜 얼굴을 두 번이나 두들겨 맞았는데."

따듯한 물의 온도 때문에 달아올랐던 백리연의 뺨이 더 붉어졌다.

백리연도 무가에서 태어난지라 누구와 싸워서 맞았다는 걸 부끄러워하지는 않는다. 하지만 여자도 아닌 남자가, 그것도 얼굴을 때렸다는 것은 그녀에게 무척이나 수치스러운 일이었다.

흔한 말로 모든 남자가 자신을 다 경외시한다 믿었는데 뒤통수를 얻어맞은 꼴이랄까?

백리연은 대꾸도 하지 못하고 눈을 흘겼다.

'하필 저딴 게 같이 있을 게 뭐람?'

뭐가 마음에 안 드는지 괜히 볼 때마다 시비를 거는 양소은이 마음에 들지 않는다.

'참자, 참아. 다 내가 예쁘니까 질투해서 저러는 거겠지. 아, 너무 예쁜 것도 죄라니까. 난 대체 왜 이렇게 태어난 거야…… 조금만 평범하게 태어났으면 얼마나 좋았을까.'

그래도 어쩔 수 없었다. 씻고는 싶은데 사람이 차 있다고 해서 억지로 부탁해 온 자리였다.

백리연이 고개를 획 돌렸는데 양소은이 다시 빈정거렸다.

"코는 좀 괜찮고? 자세히 보니까 좀 비뚤어진 거 같은데……."

"뭐, 뭐?"

백리연이 놀라서 코를 만졌다. 그러나 아무 이상이 없었다. 심장이 떨어질 뻔했다.

"이, 이게?"

양소은이 깔깔대고 웃었다.

"바보같이! 장난이야, 장난."

"당신……!"

백리연은 부들부들 떨었다. 화가 나서 같은 목통에 들어가고 싶지도 않았다.

백리연은 씩씩대며 겉옷고름을 다 풀지도 않고 양소은을 노려보았다. 홍조를 띤 볼과 습기에 젖어 색기 가득해보이는 눈빛이 몽환(夢幻)처럼 아름다워서 양소은도 순간 흠칫했다. 그러나 곧 양소은은 지지 않겠다는 듯 백리연을 마주 쳐다보았다.

따스한 김은 천장으로 피어오르는데 분위기는 묵직하게 가라앉았다.

남궁지는 생각 외의 일에 살짝 인상을 찡그리고 있었고 제갈영은 백리연의 몸을 샅샅이 훑어보고 있었으며, 당예는 무슨 생각을 하는지 약간은 초조한 얼굴이었다.
그러나 법당의 안에서 치러지는 여인들의 소리 없는 싸움처럼, 법당 밖에서도 역시 소리 없는 싸움이 벌어지고 있었다.

* * *

복면을 한 괴인도 처음부터 손을 쓸 작정은 아니었다.
손을 뻗는 순간, '내가 이 나이 먹고 꼬마 놈들과 뭐 하는 짓이냐?' 라고 생각은 했지만, 그렇다고 해도 강호제일미의 목욕하는 모습은 그에게 너무나도 치명적인 유혹이었다. 말만 들어도 눈앞에서 아른거릴 지경이었다.
여자를 좋아하는 그에게 강호제일미의 나신은 목숨을 반쯤 내주고서라도 바꿀 값어치가 있는 것이었다.
'에라 모르겠다!'
이왕 내친걸음이었다.
괴인은 옆의 두 아이, 소왕무와 대팔을 가볍게 밀어놓고 마지막으로 남은 가장 괘씸한 아이…… 장건까지 제압하기로 마음을 먹었다.
괴인의 손이 느리디느리게 장건을 향해 날아간다. 옆에서 보면 거북이가 기어가는 듯하지만, 앞에서 당하고 있는 장건에게는 괴인의 수법이 다르게 보인다.

갈고리 같은 손이 공간을 띄엄띄엄 격하고 날아오는 것 같다.
 장건이 피해야 한다 생각하면 여지없이 그 방향을 점하며 손이 이동한다. 손은 여기에도 있고 저기에도 있다. 수십 개나 되는 손이 온 공간을 감싸고 있다.
 그러나 잘 보면 괴인의 손은 여전히 장건의 어깨를 파고 들어오는 중이다.
 장건은 기가 다 질릴 지경이었다.
 '이게 뭐지?'
 얼핏 금나수처럼 보이는 그것이 사실은 무당의 상승절기인 현천유운장(玄天流雲掌)의 묘리를 담고 있다는 걸 장건이 알 리 없었다.
 괴인의 몸에서는 별다른 공력의 기운도 느껴지지 않는다. 위기의 덩어리를 보려 해도 보이지 않았다.
 장건은 어쩔 수 없이 용조수를 펼쳤다.
 사사삿.
 기마병의 진로를 막는 거마목(拒馬木)처럼 장건의 손이 괴인의 경로를 막아서며 팔꿈치와 손목을 잡아챈다.
 불필요한 동작이 전혀 없는 장건의 수법은 최근 더 완숙해졌다.
 어깨와 몸이 미동도 하지 않아 언제 손을 쓰는지 알아챌 수도 없을 뿐더러, 최적화된 궤도로 용조수를 뻗으니 상대는 갑자기 아무것도 없던 공간에서 불쑥불쑥 손들이 튀어나오는 느낌인 것이다.
 '잡았다!'
 장건의 왼손이 괴인의 뻗은 우완(右腕)에 닿고, 오른손은 왼손목을 꺾었다.
 흔들.
 괴인이 버드나무 가지처럼 팔을 휘청거린다 싶은 그 순간 장건은 괴인의 팔을 놓쳤다. 분명히 손에 잡혔다 생각했는데 괴인의 팔은 어느새 장건의 손을 벗어나 있었다.
 '어?'
 사람의 팔이 미꾸라지도 아닌데 어떻게 비틀려 있던 채로 아무렇지 않게 빠져나올까?
 장건의 좌측 어깨에 괴인의 엄지와 검지, 중지 손가락이 찍어 누르듯 박혔다.
 코끝이 찡할 정도의 통증이 장건의 눈물샘을 자극했다. 장건은 이를 악물고 소리를 참았다.
 아픈 것도 아픈 거지만 소리를 낼 수는 없었다.
 혈도가 잡혔는지 순식간에 기의 흐름이 막히고 몸이 뻣뻣하게 굳어 왔다.
 장건은 동요하지 않고 움직일 수 있는 몸의 미세한 근육들을 재빨리 움직였다. 발바닥에서부터 다리, 허리, 상체까지 근육을 비틀어 금강권의 경력을 만들어냈다.

자그마한 소용돌이가 몸을 타고 오르며 점점 더 커져간다. 그러다가 회오리치는 경력이 막혀 가던 혈과 부딪쳤다.

탕!

마구 돌던 경력의 회전력에 막혀 있던 혈도가 억지로 열렸다. 회오리치는 금강권의 경력이 막힌 혈을 거칠게 통과하며 뚫고 나왔다.

장건의 머리카락이 빨래를 비트는 것처럼 쪼르륵 말렸다가 한꺼번에 산발하며 풀렸다.

푸르르르르.

'오잉?'

괴인의 눈동자가 커다래졌다.

분명히 제대로 점혈을 했는데 스스로 풀어 버린 것이다.

강호에 존재하는 기괴한 무공 중에는 요혈의 위치를 스스로 옮겨서 애초에 점혈을 당하지 않도록 하는 수법도 있다. 그러나 점혈을 당한 이후에 스스로 해혈을 할 수 있는 수법은 극히 드물다.

'소림에 이런 수법이 있었나?'

괴인은 어리둥절해졌다.

그러나 그가 아는 한 소림에 이런 수법은 없었다.

장건은 근육이 꼬여 몸이 아팠지만 입모양으로 벙긋거렸다.

'이제 그만해요.'

괴인이 눈을 반짝반짝 빛냈다.

'그럼 비킬 거고?'

'아뇨.'

'네가 지금 나랑 장난하냐!'

이 순간에도 강호제일미는 하나둘 옷을 벗고 있다. 촤악 하고 물 끼얹는 소리가 조금 전 들렸다.

시간은 이제 얼마 남지 않았다.

마음 같아서야 공력을 써서 장풍으로 날려 버리고 싶지만 그랬다가는 강호제일미의 나신도 날아가는 것이다.

최대한 조용하게, 은밀하게 괴인이 다시 손을 뻗었다.

이번엔 장이다.

팔괘장(八卦掌)!

빠르고 날카롭게 팔괘장이 장건의 가슴을 쳤다. 이상하게 점혈이 안 되니 아예 장으로 후려쳐 기절시킬 작정이었다.

안법을 사용하고 있는 장건은 괴인의 몸에 은은하게 감도는 위기의 덩어리를 감지했다. 마음대로 공력을 조절해 위기를 드러낼 정도이니 보통의 실력이 아니다. 그러나 무지막지한 공력이 깃들지 않았으니 장건에게도 방법이 있다.

장건은 양손으로 괴인의 장을 받았다. 그러고는 유원반배로 힘을 되돌려 우권을 뻗었다.

'아차!'

무심코 몸에 익은 대로 한 행동인데 뒤를 생각하지 못했다.

빡 하는 격타음이 날 게 분명했다. 사람을 때리는 소리를 안에서 듣지 못할 리가 없었다.

 그러나 괴인의 가슴에 박힌 장건의 주먹은 그런 소리를 내지 못했다. 뭔가 푹신한 것을 때린 듯 푹 하고 장건의 주먹이 힘 빠진 소리를 내더니, 괴인의 양 어깨와 허리가 물결치듯 흐느적거렸다.

 출렁.

 '어어어?'

 때리긴 했는데 닿은 느낌만 있지 가격한 느낌은 없다. 그냥 힘이 쏙 빨린 느낌이었다.

 장건의 머리에 퍼뜩 비슷한 광경이 떠올랐다.

 '설마?'

 장건이 놀란 표정을 지은 것처럼 괴인도 적이 놀란 표정을 짓고 있었다. 장건의 반격을 완전히 흘렸지만 그래도 놀람을 금치 못했다.

 '이 꼬마 좀 보게? 겨우 유원반배로 내 팔괘장을 되돌려?'

 심지어 자신이 팔괘장에 가한 힘에서 한 푼의 가감도 없었다. 십을 보냈는데 십 그대로 되돌아 왔다.

 그렇게까지 세밀하게 유원반배를 운용하는 무인은 본 적이 없다. 더구나 팔괘장은 맞는 순간 장력이 여덟 군데로 분산되어 퍼져서 통제하기가 쉽지 않은데 일일이 그걸 주워 담아 다시 보낸 것이다.

 '소문대로 한 실력 하는 놈이구만!'

자신이 공력만 제대로 쓸 수 있어도 한주먹거리도 안 될 테지만, 왠지 자존심이 상하기도 한다.

괴인은 코웃음을 쳤다.

'이화접목(梨花楱木)과 사량발천근(四兩撥千斤)은 본래 소림보다 무당이 위라는 걸 알려주마!'

괴인이 재차 팔괘장을 뻗었다. 속도가 화살만큼이나 빠른데도 공기를 가르는 소리가 나지 않았다.

이번에는 장건이 막기도 급급할 정도로 빨랐다. 장건은 겨우 팔괘장을 받아서 유원반배로 되돌려냈다.

장건의 권에 맞은 괴인의 몸이 한쪽부터 흐느적한다 싶더니 물결이 전이되어 다른 쪽으로 움직여갔다.

'또?'

우권에 맞은 가슴이 뒤로 물러난 순간 부드럽게 허리가 나오고 옆구리가 돌면서 반대쪽 어깨가 빙글 회전한다. 타격된 곳에서부터 퍼진 동심원이 반대 어깨에서 팔꿈치로, 그리고 쭉 뻗은 장으로 이어진다.

그리고 그 장은 장건을 향하고 있다.

'윽!'

장건은 재차 괴인의 장을 받아내다가 기겁을 했다.

괴인의 위기는 은은하게 감돌 뿐이다. 그런데 이번 장력은 방금의 것보다 두 배나 더 되는 위력을 감추고 있었다.

'어, 어떻게?'

내공을 더 썼다면 겉에 드러난 위기가 더 짙어지고 커졌을 터였다. 하지만 위기는 아무 변함이 없었다. 공력을 처음과 비슷한 수준으로 유지하고 있다는 뜻이다.

그런데도 장력의 위력은 두 배로 강해졌다.

묵직해진 장력이 장건의 팔을 타고 올라 사지로 뻗어나가려 했다. 장건은 유원반배의 경락을 운공하며 다시 우권을 휘둘렀다.

두—웅.

이번에도 힘이 쭉 빨려나가는 듯한 느낌과 함께 장건의 주먹은 허무하게 파묻혔다. 괴인은 아무런 타격을 입지 않았다.

괴인의 몸 부분부분이 수차례의 원을 그리면서 예의 팔괘장이 다시 쏟아진다.

장건은 팔괘장을 받은 순간 숨이 탁 막혔다.

'컥!'

한층 무겁다.

대략의 느낌으로 보건대 방금의 장력에 다시 한 배가 더해져서 세 배의 위력이 담긴 것을 느낄 수 있었다.

'다음번에 다시 돌아올 때에는 몇 배지?'

한 번 돌 때마다 한 배의 팔괘장이 더해지니 네 배다.

벽돌을 쌓아올리듯 팔괘장의 공력이 증가하고 있다.

장건은 이제 사태가 심상치 않음을 깨달았다. 유원반배로 팔괘장의 장력을 되돌리는 게 슬슬 버거워졌다.

장건이 가진 내공의 수위에서 유원반배로 받아낼 수 있는 공력의 한계에 다다르고 있었던 것이다.

'어떻게 이런 일이 생긴 거지?'

장력은 자꾸만 불어나고 그때마다 장건의 몸은 아우성을 질러 대고 있었다.

산 위에서 주먹만 한 눈덩이를 굴렸더니 산 아래에 도착했을 때에는 집채만 한 덩어리가 되어 있었더라, 하는 얘기처럼 장력에 담긴 힘이 증가한다.

두―웅!

여섯 배.

여섯 배가 불어난 공력의 팔괘장이 장건의 몸에 커다란 충격을 주었다. 어쩔 수 없이 유원반배로 받아내긴 했는데 다시 되돌리기가 요원하다.

묵직한 쇳덩어리가 몸에 틀어박힌 기분이었다. 이제 장건은 자신의 내공을 한층 더해서 쇳덩어리를 밀어내야 했다. 그러나 그것은 언 발에 오줌 누기나 마찬가지였다.

괴인은 장건이 더한 내공까지 더해 팔괘장으로 되돌렸다. 일곱 배가 아니라 거의 여덟 배에 가까운 무지막지한 공력이 장건의 손을 타고 흘러 들어왔다.

울컥.

하마터면 피를 토할 뻔했다.

장건은 아찔해졌다. 괴인은 처음과 다름없이 멀쩡한데 장건만 혼자 온몸이 땀으로 흠뻑 젖었다.

'무, 무슨 방법이 있을 거야!'

괴인이 아무렇지 않게 서 있는 모습을 보니 장건은 오기가 생겼다.

'저 흐느적거리는 동작에 뭔가…….'

장건은 순간 떠오른 생각에 괴인의 모습을 따라하기 시작했다. 왼손만으로 유원반배로 팔괘장을 받으면서 팔을 크게 회전시켰다.

놀랍게도 팔에 더해지는 부담감이 한층 줄어들었다. 그러나 회전력 때문에 팔괘장의 장력이 손바닥에서 금방이라도 터질 듯 응축되고 있었다.

엄청난 공력이 담긴 장력이 손바닥에서 터지면 장건의 손은 통째로 찢겨 버릴 터였다.

장건은 괴인의 움직임을 흉내냄과 동시에 문사명을 상대했던 젊은 도인의 행동을 떠올렸다.

'큰 원에서 작은 원으로…….'

손바닥은 크게 돌리되 팔꿈치는 그보다 작은 원을 그린다. 자연스레 손에 몰린 장력이 팔로 이동한다. 어깨로 이동시킨 장력을 순간 몸에 퍼뜨려 파괴력을 완화한 후, 유원반배의 수법으로 다리와 허리를 통과시켜 오른쪽 어깨에 장력을 보낸다.

그리고 오른팔로 원을 점점 크게 그리며 주먹을 뻗는다.

왠지 허우적거리는 자세가 꼴사납기까지 했지만 어쨌거나 다소 거친 원형을 그리며 팔괘장의 장력이 장건의 몸을 무사히 통과했다.

'해냈다!'

장건은 환호를 지르고 싶을 정도였지만, 반대로 괴인은 놀라서 자빠질 뻔했다.

'아니, 이 망할 놈이?'

한눈에 보기에도 어설픈 몸놀림으로 자신의 수법을 따라한 것이다!

하나 괴인은 결코 만만치 않은 자였다. 괴인은 예의 흐느적거리는 동작으로 원을 그리며 장건의 권을 받아냈다. 그리곤 권경을 고스란히 돌리며 다시 한 배의 공력을 더해 팔괘장을 내뻗는다.

처음의 팔괘장에 아홉 번이 더해져서 도합 열 배의 공력이 담긴 팔괘장이 장건을 향해 쏘아졌다.

장건은 유원반배로 괴인의 팔괘장을 받을 때에도 원형을 유지해보았다. 부드럽게 원을 그리며 장을 받아내니 받는 순간의 충격이 한층 덜해진다.

숨이 막히고 쇠망치로 맞은 듯 경직될 정도의 충격이 아니라 무거운 물건을 든 정도다.

장건은 동작이 원에 가까울수록 충격이 완화된다는 것을 확실히 깨달았다.

'좋아!'

 장건은 다시 유원반배와 원형의 동작을 융합해 괴인의 팔괘장을 되돌렸다.

 괴인의 얼굴이 일그러졌다.

 '이런 미친!'

 첫 팔괘장에 담긴 공력은 사실 그리 크지 않았다. 소리 없는 제압이 목적이었기에 죽일 정도의 힘은 담지 않았다. 그러나 지금 처음보다 열 배가 넘는 공력이 담긴 팔괘장은 황소라도 일격에 때려죽일 수 있을 정도의 힘이 담기게 되었다.

 그런 위력의 장력을 쉽게 받아넘길 수 있는 무인은 강호를 통틀어도 흔치 않은 것이다.

 그런데 점차 불어나는 힘을 감당하지 못하고 쩔쩔매다가 갑자기 안정을 되찾다니…….

 '오냐. 네가 어디까지 하는가 보자.'

 괴인은 오기에 가까운 승부욕을 불태웠다.

 열두 배…… 열세 배…….

 괴인과 장건을 통과하는 팔괘장의 공력은 자꾸만 무거워져 갔다.

 하지만 괴인은 다시금 혀를 내두르고 말았다.

 '뭐…… 뭐 이런 놈이 다 있어?'

 공력은 무거워져가는데 장건의 행동은 오히려 더 가벼워져 가고 있었다.

허수아비가 버둥대는 듯한 동작으로 겨우겨우 팔괘장을 되돌리던 장건의 동작이 차츰 안정되고 있었던 것이다. 동작의 크기도 자꾸만 작아져서 이제는 팔로 원을 그리는 건지 세모를 그리는 건지도 알아보기 힘들다.

장건은 한층 신이 났다.

'그래! 이게 바로 내가 원하던 답이었어. 원을 통해서 힘을 옮기면 많은 힘이 들지 않아. 적은 힘으로도 부담 없이 큰 힘을 옮길 수 있어.'

유원반배의 단점은 자신의 내공 수위에 따라 받아낼 수 있는 공격에 한계가 있다는 점이었다. 자신의 내공을 상회하는 강한 공격은 유원반배로 받을 수가 없었다.

그러나 이렇게 원을 조합하면 내공의 몇 배나 되는 힘도 받아낼 수가 있었다.

몇 번을 하다 보니 굳이 팔을 휘적휘적 크게 돌릴 필요도 없다는 걸 알았다.

장건은 남들이 하지 못하는 미세한 근육의 움직임을 조정할 수 있다.

'팔을 다 돌려서 힘을 소모할 게 아니라 뼈와 근육의 일부분씩을 움직여 원을 그리면 더욱 간단하고 빠르겠어.'

언제 터질지 모르는 벽력탄 같은 위험한 공력의 덩어리가 끊임없이 자신의 몸을 통과해 가고 있는데도 장건은 위기와 동시에 쾌감을 느꼈다.

하나하나 알아가는 것에 대한 기쁨이 짜릿하다.

앞에 있는 상대가 상상도 못할 실력을 가진 고수이며, 동시에 소림의 내원에 난입한…… 그것도 소녀들이 목욕하는 모습을 훔쳐보려는 파렴치한이라는 것도 잊었다.

무려 이십 배나 되는 팔괘장이 장건에게 쏘아졌을 때, 이미 장건은 거의 움직임이 없어졌다.

왼손바닥으로 이십 배의 공력을 담은 팔괘장의 장력이 들어오자, 장건의 손바닥 위 근육, 팔뚝 안쪽의 소지구근이 비틀리면서 작은 나선으로 반회전을 한다. 단순한 원이 아니라 몸 안쪽을 향하는 나선이다.

그 나선의 흐름을 타고 장력이 이동하면 수장건이 이어받아 총굴건으로 보내고, 상완근이 다시 비틀리며 이두근으로 보낸다. 이두근의 비틀린 끝부분에서 삼각근으로 힘이 전이되고, 목 뒤의 등세모근으로 이동했다가 능형근과 두판상근을 거쳐 견갑거근까지 등 쪽을 일주한다.

근육을 무자비하게 꼬아 버리는 금강권의 나선 경기에 익숙해져서인지 근육이 반회전 정도로 뒤틀려 봐야 거의 통증도 느껴지지 않는다.

몸 앞쪽에서부터 시작해 자연스레 등 쪽으로 옮겨간 장력은 소원근과 삼두근을 거쳐 장건의 오른팔 뒤쪽의 근육을 타고 지신전근까지 쉴 틈 없이 달린다.

팔뚝의 지신전근에서 손등의 지신전건을 타고 갈래로 흘어진 장력이 장건의 손가락 끝까지 이동하자, 장건은 주먹을 꾹 쥐었다.

손가락 끝에 몰려 있던 장력이 주먹을 쥠과 동시에 하나로 뭉쳐서 발출된다.

촤라락!

금강권처럼 심한 나선형의 파괴적인 경기는 아니었지만 나선의 흐름을 탄 팔괘장의 장력 역시 나선으로 꼬이며 괴인을 향해 짓쳐들었다.

'무량수불!'

자기도 모르게 기겁하여 도호를 왼 괴인이었다. 처음으로 장건의 권을 받을 때 저릿함을 느꼈다.

괴인은 급히 허보를 밟고 야마분종(野馬分鬃)의 식(式)으로 권을 받고 누슬요보(樓膝拗步)에서 태극경(太極經)을 시도하여 가슴에 파고든 권력을 우장으로 이동시켰다.

찌르르르.

뼈가 울리고 근육이 찢기는 듯하다. 가시덤불이 혈도를 지난 것처럼 혈도 여기저기가 긁혔다.

이를테면 팔을 가지런히 벌려 왼 손등에 공을 놓고 팔과 어깨를 물결치듯 움직여 공을 오른 손등까지 움직이던 중에, 갑자기 미끈한 공이 가시가 촘촘히 박힌 가시공으로 바뀐 것과 같다.

공을 떨어뜨리지 않고 움직여 다른 손으로 보낼 수는 있지만 피부에는 긁히고 찍힌 상처가 남는 것이다.

본래 괴인이 사용한 태극경은 음양이 서로 어우러진 태극의 모양처럼 원형의 동작을 이용하여 상대의 공격을 피해 없이 흘릴 수 있는 기예(技藝)다.

태극경은 안다고 할 수 있는 것도 아니요, 노력한다고 잘 할 수 있는 것도 아니었다. 태극권을 극성까지 익히면 절로 몸이 그에 맞추어지며 태극경을 쓸 수 있게 되는 것이다.

태극경을 극한까지 익히면 지금의 괴인처럼 힘을 증폭시켜서까지 돌려보낼 수 있다.

그것이 바로 사량발천근이다.

벌써 오래전 쇠촉이 달린 수십 발의 화살이 날아와도 아무런 공력을 일으키지 않고 상처 하나 없이 맨손으로 잡아낼 수 있는 경지에 올라 있던 그다. 오히려 화살을 오던 속도보다 빠르게 되돌리기도 한다.

한데 그런 그가 고작 열대여섯이나 된 작은 소년에게 애를 먹고 있는 것이다.

'네가 나한테 이러면 넌 멀쩡할 것 같으냐?'

괴인은 어금니를 깨물고 팔괘장을 뻗었다.

그러나 이미 괴인의 몸을 지난 장력은 부드러운 물결형으로 변해 있었다. 장건의 손바닥에 닿을 때에는 나선이 풀려 가시가 다 빠진 미끈한 공이 되어 있다.

하지만 장건의 몸에서 되돌아온 공은 또다시 가시공이다.

심지어…….
장건의 내공 중 일부가 된 독정까지 스며들어 있었다.
'이 미친 호로 꼬마 놈!'
괴인은 몇 되지 않지만 아는 욕을 전부 내뱉었다.
괴인의 태극권이 제아무리 경지에 올랐다 하더라도 비슷한 수준인 풍진의 검은 태극경으로 되돌릴 수 없다.
마찬가지로 우내십존 중의 일인인 독선 당사등의 독정은 소량이었지만 괴인이 무시하기엔 어려운 것이었다.
가뜩이나 비대해진 데다 가시가 돋친 팔괘장의 공력을 옮기는 것도 피곤한 일인데, 독까지 체내에 쌓인다.
설상가상이라는 건 이럴 때를 두고 하는 말이다.
'이런 거지 발싸개 같은 일이 어디 있어!'
괴인은 약이 올랐다.
자존심도 자존심이고 체면도 상했다.
그냥 이런 거지 같은 짓은 그만두고 단숨에 장건을 때려죽이고 싶었다. 그러나 먼저 포기한다면 같은 수법의 대결에서 진 셈이 되고 만다.
자신이 지는 것도 문제지만 태극권이, 나아가 무당이 지는 꼴이 되니 중도에 그만둘 수가 없는 것이다. 만일 그렇게 되면 얼굴이야 가렸다 치더라도 스스로 부끄러워서 얼굴을 들고 다니지 못할 것이다.
빠드득.

괴인의 머리에 홍오가 떠오른다. 홍오의 주특기는 타 문파의 무공으로 그 문파의 제자를 쓰러뜨리는 것이다.

'어디서 이렇게 홍오를 빼다박은 놈이 나타난 거냐! 소림에 처박혀 산다더니 이런 괴상한 놈을 어디서 구해왔어?'

하지만 어떤 면에서는 홍오보다도 눈앞의 꼬마가 더 괴물이다. 홍오는 타 문파의 절기를 훔쳐 배우고 익히는 데 능숙했지만, 깨달음과 오랜 수련이 필요한 상승 절기만큼은 흉내내지 못했다.

한데 이 꼬마는 무당의 모든 무공이 추구하는 궁극의 형태인 태극 환경을 스스럼없이 흉내내고 있지 않은가!

그것도 거의 움직임이 없어 겉으로만 보면 무당의 수법인지 알 수도 없을 지경이다. 처음부터 쭉 상대를 하고 있는 괴인이니 장건의 행동이 자파의 수법이라는 걸 알 수 있는 것이다.

게다가 장건의 수법은 놀랍게도 괴인의 환경보다 오히려 더 발전된 형태다. 몸과 경(經)을 함께 움직여서 힘을 흘려내는 무당의 수법에 비해 장건은 거의 움직이지도 않으면서 환경을 해내고 있었다.

설상가상이라고 거기에 침추경과 독공까지 덤으로 붙여 보내니, 그야말로 환장할 노릇이다.

'이건 뭐 소면에 삶은 양고기와 돼지고기를 추가했더니 덤으로 구운 닭 염통과 튀긴 잉어를 고명으로 얹어주는 거냐!'

비유는 적절하지 못했지만 어쨌거나 괴인의 심정은 딱 그러했다.

 이젠 발을 빼기도 어려워진 상황.

 누가 어떻게 되든 끝까지 같은 방법으로 해보는 수밖에는 없었다.

 삼십 배…….

 이제 장건과 괴인의 손을 오가는 팔괘장의 공력은 삼십 배에 달해 있었다.

 흙벽에 짚단으로 지붕을 엮은 작은 초가집 따위는 한 방에 날려 버릴 수 있는 위력이 담긴 것이다.

 괴인의 한 수에 겁을 먹고 밀려나 있던 소왕무와 대팔은 처음부터 끝까지 둘의 상황을 지켜보고 있었다.

 얼핏 보면 괴인은 맞고 장건은 막으면서 때리는 듯한 장면이었는데, 그게 아니었던 모양이다. 순식간에 수십 번의 주먹질이 오가더니 장건의 주먹은 아예 괴인의 가슴에, 괴인의 손바닥은 장건의 손바닥과 딱 붙어 버렸다.

 한데 장건은 꼼짝도 안 하고 있는 상태에 반해 괴인의 온몸은 연신 출렁인다.

 '내력 대결이다!'

 소왕무와 대팔은 둘이 무엇을 하는지 대충 알 수 있었다.

 한 수로 자신들을 밀어낼 만큼 엄청난 내공을 지닌 괴인과 장건이 대등하게 백중지세로 마주치고 있는 것이다. 처음엔 장건이 밀리는가 싶었는데 지금에 와서는 아니었다.

'잘한다! 대단하다, 내 친구 건이!'

소왕무가 침묵의 응원을 보내자 대팔이 눈짓을 했다. 자신의 주먹을 쥐고 괴인을 시선으로 가리켰다.

'뭐?'

'지금 뒤통수를 패 버리면 돼.'

내력 대결에 들어가면 극도로 예민한 상태가 되어 외부에서의 충격에 약해진다. 더구나 상대와 백중지세로 내공을 겨루는 중이라 작은 방해만 받아도 큰 내상을 입는다. 주화입마를 당할 가능성도 굉장히 크다.

실제로 장건과 괴인은 서로의 내공을 겨루는 내력 대결은 아니었으나, 옆에서 보기엔 그런 상태나 마찬가지였다.

소왕무가 주저했다.

'하지만 그랬다가 죽으면 어쩌지?'

'그래봐야 변태인데 좀 죽으면 어때.'

자기도 모르게 고개를 끄덕였던 소왕무가 인상을 썼다.

'야! 변태라고 막 죽이는 건 이상하잖아!'

'아, 그런가?'

'그러다가 장건이 다치면 어쩌려고!'

미묘한 대치 상태인지라 급작스럽게 균형이 무너지면 장건이 다칠 수도 있었다.

'그럼 그냥 이대로 냅두리?'

'젠장……'

그때 둘은 무언가 꺼림칙함을 느끼기 시작했다.

서서히, 하지만 매우 빠르게 불안감이 밀려들고 있었다.

'어어어?'

우우우웅.

미세한 진동이 느껴졌다.

작은 파문을 일으킬 정도의 진동은 숨 한 번 고를 시간 동안 급격히 커져갔다.

'어어어어!'

장건과 괴인의 몸이 두어 개로 보일 만큼 흔들리고 있었다. 아니, 흔들린다기보다는 잘게 떨고 있다.

둘의 발아래에 낮게 깔린 흙먼지가 회선(回線)을 그리며 밀려나가고 옷자락은 하늘로 치솟아오른다.

츠츠츠츳.

거대한 공력이 오가고 있음이 확실했다. 전신이 위축될 정도의 공력이다. 하늘로 솟은 장건의 머리카락이 바람에 휘날리듯 나부꼈다.

그그그그그.

공기가 소리가 있는지 소왕무와 대팔은 처음 알았다. 공기 소리가 웅장하게 울리며 어깨를 짓누르는 듯하다.

소왕무와 대팔은 이빨을 딱딱 부딪쳤다. 엄청난 고수가 내 뿜는 살기를 그대로 받은 것처럼 모골이 송연했다.

'야! 어떡하지?'

'뭘 어떡해!'

'이러다가 뭔가 잘못되면 어쩌냐고!'

'그게 문제냐! 우리가 죽게 생겼는데!'

저 무시무시한 공력이 도중에 폭발하기라도 한다면 둘은 견뎌낼 재간이 없다.

'장건이라면 몰라도!'

소왕무와 대팔은 눈을 마주쳤다. 둘의 눈에 같은 표정이 떠올랐다.

'튀어!'

소왕무와 대팔은 무작정 뛰었다. 이 정도의 공력이 발생했는데 다른 사람들이 모를 리 없다. 누군가 달려와 이 상황을 해결할 것이다.

그러나 당장은 피하는 게 우선이다. 나중에 경을 치더라도 지금 달아나지 않으면 목숨을 부지하는 것조차 어려울 터다.

'똥밭을 굴러도 이승이 낫지!'

'내 말이!'

괜히 고래 싸움에 새우 등 터진다는 말을 소왕무와 대팔은 독선의 일로 충분히 깨닫고 있었다.

소왕무와 대팔은 당예에게 부탁받아 장건에게 환단을 먹인 사실도 잊고 정신없이 달아났다.

*   *   *

 백리연은 천 쪼가리 하나 걸치지 않은 하얀 나신을 그대로 드러낸 채 자기 머리에 물을 한 통 퍼부었다.
 촤아악!
 물에 젖은 머리카락이 백리연의 쇄골을 타고 내려와 동산같은 가슴을 올랐다가 가파르게 떨어져 흘러내렸다.
 백리연이 자연스럽게 옷을 벗고 물을 끼얹는다.
 단순한 그 동작에 당예와 제갈영, 양소은과 남궁지는 멍해지고 말았다.
 뭐라고 말로 표현할 수가 없었다.
 같은 여자인데도 입이 다물어지지 않는다.
 어쩜 사람이 저리도 완벽할 수 있을까?
 백옥처럼 고운 피부 위로 윤기나는 까만 머리가 물에 젖어 비단결처럼 풀어헤쳐졌다.
 달빛을 머금은 호수처럼 투명한 살결은 너무나도 투명하고 매끄러워 사람의 것 같지도 않다. 잡티 하나 없는 백설의 느낌을 고이 간직한 듯하다.
 급격한 곡선을 그리는 몸매는 풍만하기 그지없다. 가슴은 손만 대면 터질듯 탱탱하고 엉덩이는 높이 솟았는데, 그 사이에 있는 허리는 부러질 것처럼 가냘프기만 하다.
 유요(柳腰)라는 말처럼 가늘고 부드럽게 뻗은 허리는 백리연을 위해서만 존재하는 단어 같았다.
 청초하고 고아한 외모와 달리 옷을 벗으니 몸매는 풍만하고 색정적으로까지 보이는 것이다.
 허벅지에서부터 종아리, 발목까지 이어지는 완연한 선도 흠잡을 데가 없다. 어찌나 피부와 선이 매끄러운지 물방울이 멈추지 못하고 그대로 흘러내린다.
 그야말로 완벽한 몸매.
 이런 여자이니 어떤 남자라도 빠지지 않고는 배기지 못하는 것일 터다.
 '와…… 진짜 불공평하다. 입혀도 예쁘고 벗겨도 예쁘면 난 어쩌라는 거야?'
 제갈영은 아까부터 입을 다물지 못하고 있었다. 그 같은 생각은 다른 세 명도 마찬가지였다.
 백리연은 자신을 주시하는 네 쌍의 눈은 아랑곳 않고 가볍게 몸을 씻은 후 목통에 손을 대보았다. 물이 뜨거운지 콧잔등을 살짝 찡그렸다.
 그 모습마저도 아름답다. 그녀의 추종자들이 옆에 있었다면 '이 못된 물 같으니! 감히 뜨거워서 우리 백리 소저의 얼굴을 찡그리게 해?' 하면서 길길이 날뛰었을 것 같다.
 그런데 그 순간.
 퉁.
 묘한 울림.

작은 진동이 있었다.
"응?"
백리연이 목통으로 들어가다 말고 목통 안을 들여다보았다.
물의 표면에 파문이 일고 있었다.
백리연은 처음엔 몸에서 물이 떨어져 파문이 생긴 줄 알았다.
퉁퉁.
그러나 목통 안의 물 위에 연이어 동심원이 그려지면서 그게 아니라는 걸 알았다.
당예와 제갈영, 그리고 양소은도 목통 안의 물이 연이은 파동을 그리는 광경을 보았다.
"뭐지?"
불안한 기운이 엄습하더니 갑자기 목통 안의 물이 들끓기 시작했다.
부글부글 팍!
물이 끓으면서 물방울이 툭툭 터진다. 딱히 뜨거운 것도 아닌데 용암처럼 스스로 끓는 것이다.
"앗, 따가워!"
백리연이 목통에서 발을 빼고 밖으로 나와 몸을 움츠렸다.
마치 가시넝쿨에 발을 디딘 듯한 느낌이었다.
백옥 같은 피부에 소름이 돋았다.
다른 사람들은 통 안에 있었기에 백리연보다 피부에 느껴지는 반응이 살짝 늦었다.
 양소은이 숨을 들이켰다.
 "흡!"
 누군가 근처에서 엄청난 공력을 전개하고 있었다. 무겁게 가라앉은 공기와 답답한 숨이 그것을 말해주고 있었다.
 "다들 조심해!"
 양소은이 벌떡 일어나 외치려는 순간.
 말 그대로 벼락이 떨어지는 소리가 났다.

쾅!

 지척에서 벼락이 떨어진다면 아마 그런 느낌일 터였다.
 온 세상이 갑자기 뒤흔들리며 한순간 귀가 먹먹해지고 시야가 까맣게 물드는, 그런 느낌.
 소리를 지르고 싶은데 소리가 목에 걸려 나오지 않는, 그런 느낌이다.
 휘이이이.
 싸늘한 바람이 분다.
 다섯 사람은 멍하니 소리가 난 곳을 쳐다보았다.
 한쪽 벽면에 사람 머리 넷 정도를 합쳐 놓은 듯한 구멍이 뻥 뚫려 있었다.
 완전히 가루가 되었는지 뿌연 먼지가 날렸다.

뚫린 구멍 사이로 뒤통수 하나가 보였다.
"……."
"……."
소녀들은 이 황당한 사태에 뭐라 말을 하지도 못하고 뚫린 구멍에 덩그러니 보이는 뒤통수만 응시했다.
"어?"
소녀들의 따가운 시선을 느꼈는지 뒤통수가 천천히 고개를 돌렸다.
뒤통수의 주인은 소녀들이 전혀 예상할 수 없는 인물이었다. 더구나 이런 곳에서 그의 뒤통수를 볼 거라고는 생각도 하지 못했다.
그 순간 표정 변화가 거의 없는 남궁지가 멍한 얼굴로 중얼거렸다.
"장……건?"

제2장

입을 다뭅시다

결국 일이 나고 말았다.

장건은 너무 놀라서 소왕무와 대팔이 죽어라 내달릴 때에도 움직일 수가 없었다.

짧은 순간에 오만가지 생각이 다 들었다.

잘못을 했으니 차라리 당당하게 사과를 하는 게 낫지 않을까, 아니면 그냥 도망치는 게 나을까 고민했다.

'아니 갑자기 방향을 바꾸면 어쩌냐고요!'

괴인이 갑작스레 공력의 방향을 바꾸는 바람에 장건은 기겁을 해 공력을 분산시키며 다른 쪽으로 날려보냈다. 한데 워낙 공력이 쌓여 일부를 감당하지 못하고 뒤쪽 법당 벽에 부딪치고 말았다.

 물론 괴인이 공력을 바꾼 것은 지극히 당연한 일이었다. 민감한 무인, 특히나 소림의 몇몇 무승은 이미 지독하게 쌓인 공력을 느꼈을 터다.
 괴인의 입장에서는 그렇게라도 해서 달아나야 겨우 빠져나갈 수 있을까 말까 한 상황이었던 것이다.
 그것을 모르는 장건은 당황할 수밖에 없었다. 왜 그러냐고 묻기도 전에 괴인은 벌써 달아나고 있었다.
 '아우! 큰일났다.'
 장건은 어쩔 줄 모르고 안절부절하다가 뒤통수가 뜨끔해져 고개를 돌렸다.
 거기에는 커다란 구멍이 뚫려 있었고, 구멍의 안에서는 뿌연 김이 피어오르는 목통에 몸을 담그고 있던 네 소녀가 장건을 바라보고 있었다.
 안면이 있는 남궁지가 중얼거렸다.
 "장……건?"
 와르르르, 하고 장건은 몸이 무너지는 느낌이었다.
 '드, 들켰다!'
 게다가 목통 밖에서 정신줄을 놓은 듯한 표정으로 서 있던 백리연의 모습이 대번에 눈에 들어왔다.
 백리연은 아무것도 걸친 것이 없이 완전한 전라로 멍하게 서 있었다. 눈을 똥그랗게 뜬 백리연의 시선이 장건의 시선과 마주쳤다.
 '헉!'
 장건은 물론이고 백리연까지 얼어붙어 버렸다.
 "……."
 적막이 흐른다.
 그 잠깐의 시간이 장건에게는 억겁의 시간처럼 느껴졌다.
 '크, 큰일났다.'
 하지만 이미 달아나기에는 늦었다.
 "어떤 놈이냐!"
 "누구냐!"
 법당과 조금 떨어진 곳에서 경계를 서던 나한승들이 고함을 치며 달려오고 있었다.
 나한승들의 얼굴은 분노로 달아올라 있었다.
 이런 사태를 미연에 방지하기 위해 내원 깊은 곳에 씻는 곳을 마련하여 둔 것인데, 결국은 발생하고 말았다.
 이는 치욕적인 일이었다. 악적, 혹은 악적들을 찾아내지 못한다면 소림은 그야말로 뭇 사람들의 우스갯거리가 되고 말 터였다.
 어떤 놈이든 잡히기만 하면 살생을 금하는 불가의 계율이고 나발이고 육시(戮屍)를 해 버릴 듯한 인상이었다.
 '으아악! 크, 큰일났다!'
 벽에 바로 붙어 있던 장건은 나한승들이 오는 것을 보며 아찔해졌다.
 막막해서 눈물이 다 날 것 같았다.
 '부처님 죄송합니다. 아빠, 죄송해요. 다시는 안 이럴게요! 다시는 남 목욕하는 거 훔쳐보지 않을게요! 나무아미타불 관세음보살!'
 장건이 들키는 것은 이제 시간문제였다.
 장건은 울상을 지었다.
 순순히 나가서 죄에 상응하는 대가를 치르기는 해야 할 텐데 나한승들의 표정이 너무나도 무시무시했다.
 게다가 자신의 행동 때문에 실망할 아빠 장도윤과 굉목을 생각하면 더더욱 나서기가 두려워졌다.
 그렇다고 숨어봐야 곧 들킬 것은 뻔하고…….
 장건이 갈등하고 있을 때.
 장건의 머릿속에 누군가의 목소리가 파고들었다.

―이놈아, 뭐 해? 빨리 도망가야지!

 '할아……버지?'
 불목하니 노인의 목소리였다.
 오랜만이라고 반가워할 틈도 없이 장건은 달아나야 한다는 걸 깨달았다.
 갑자기 장건의 몸이 전율했다.

벼락이라도 맞은 것처럼 발끝부터 머리칼 끝까지 찌릿거렸다.

불목하니 노인을 떠올린 순간 달아날 방법이 떠오른 것이다.

될지 안 될지 모르지만 그런 걸 따질 여유가 없었다.

어떻게 해야 하는지도 모르고 그저 지난번 문각의 모습을 떠올린 것뿐이었다. 그래야 도망갈 수 있다 생각했다. 다른 생각은 하지도 못했다.

쑤욱.

마치 막힌 변이 빠져나가듯 몸에서 기운이 빠져나가는 느낌이 들었다. 굳이 막으려 하지 않고 내버려두니 기가 사방으로 흩어진다.

기를 밖으로 내보내는 건 아까운 일이라 생각했었는데 몸에서 흩어진 기는 연하게 뿌려져 있을 뿐이지 어디로 도망가지는 않고 있었다.

'어? 됐나?'

몽롱…….

장건은 손을 들어보았다.

자신의 손인데도 불구하고 내 것이라는 감각이 없다. 자다가 팔이 눌려서 피가 안 통하면 느낌이 없어지는 것과 비슷했다.

'기분이 이상하네.'

땅을 디디고 있어도 발에 감각이 묘하게 희미하다. 발로 땅을 디딘 것이 아니라 땅이 발을 받쳐주고 있는 것도 같고, 발과 땅이 하나가 된 것도 같았다.

땅의 차갑고 온화한 기운이 장건에게도 똑똑히 느껴진다.

손가락으로 공중을 휘저으니 밤의 공기가 평소보다도 상큼하게 다가오는 것도 느껴졌다.

'이런 게…… 물아일체가 되는 기분일까?'

도망가야 한다는 생각 하나에만 극도로 집중하고 있다가 우연찮게 들어선 길이었다.

장건이 문원처럼 존재감이 없이 흐릿해진 것은 장건 혼자서만 그렇게 느끼는 게 아니었다.

바로 장건의 앞까지 달려온 무승들이 고개를 두리번거리고 있었다.

"달아났다!"

"어떤 음적이 감히!"

장건이 바로 앞에 서 있음에도 알아보지 못하는 것이다.

법당 안에 있던 네 소녀도 마찬가지였다.

다들 눈을 부릅떴다가 손으로 마구 비볐다가 다시 눈을 크게 뜨면서 뭔가 이상하다는 듯 구멍 쪽을 보고 있었다.

한데 시선이 분명 장건을 향하고 있는데도 초점은 장건에게 맞춰져 있지 않았다.

양소은이 번개처럼 목통에서 튀어나와 면포로 몸을 감싸곤

구멍으로 얼굴을 불쑥 내밀었다.

 장건과 거의 코를 맞댈 정도로 둘의 얼굴은 가까웠다.

 양소은의 표정이 기묘해졌다.

 "뭐, 뭐야?"

 양소은은 자신의 눈을 믿을 수 없었다.

 눈에 보이는 것 같으면서도 흐릿하고, 흐릿해서 눈에 힘을 주고 보려 하면 갑자기 보이지 않기도 해서 환각에 빠진 듯했다.

 "이게 대체 무슨 일이니?"

 양소은이 재차 눈을 비볐다. 장건의 형상은 있는데 있는 건지 없는 건지 알 수가 없었다. 인지력에 문제가 생겼든 귀신을 보고 있든, 아무래도 뭔가 잘못된 것 같았다.

 "아미타불. 시주 분들께서는 괜찮으십니까?"

 무승은 차마 안으로 들어오지는 못하고 고개를 내민 양소은에게 멀리서 묻고 있었다.

 "저흰 괜찮긴 한데요……."

 두 무승 중 한 무승이 다른 쪽을 바라보며 소리쳤다.

 "저기! 악적이 달아난다!"

 멀리서 그림자가 휙 하니 움직이고 있는 모습을 본 모양이었다.

 "소저. 뒤는 저희에게 맡기시지요! 저 악적은 결코 이곳을 벗어날 수 없을 것입니다."

나한승들이 휘파람을 불며 그림자를 쫓아갔다.

삐이익—

그에 화답하듯 여기저기에서 휘파람이 울렸다.

삐익, 삐이익.

어디에 그 많은 나한승들이 있었는지 사방에서 튀어나와 그림자를 쫓기 시작했다.

양소은은 머리를 한 대 얻어맞은 표정을 한 채 장건 쪽으로 손을 내밀었다.

장건은 그제야 정신이 퍼뜩 들었다.

'이크!'

장건은 곱게 만져질 수가 없었다. 그랬다가는 정말로 탄로가 날 터였다.

스스슥.

장건은 정면을 보고 있는 채로 슬금슬금 뒷걸음질을 쳤다. 나한승들이 간 방향과 반대였다.

장건의 걸음은 보통 사람과 다르다. 게다가 뒤로 조금씩 움직이고 있으니 다리를 크게 움직이지도 않는다. 이른바 '앉아서 나한보'의 개량형인 발바닥과 발가락으로만 움직이는 나한보였다.

당연히 양소은의 눈에는 장건이 뒤로 미끄러지듯이 물러나는 것으로 보였다.

장건은 의도하지 않았지만 보는 사람의 입장에서는 귀신이 허공에 떠서 거꾸로 가는 듯하다. 밤이라서 더 느낌이 스산했다.

스스슥.

어지간해서는 겁이 없는 양소은도 몸에 소름이 쭉 끼쳤다.

"으아아아아악!"

양소은은 뒤로 엉덩방아를 찧으며 비명을 질러 댔다.

"귀, 귀신이야!"

장건은 벌써 그 틈에 멀찌감치 달려가고 있었다. 조금씩 물러나다가 아예 경공을 써서 순식간에 내달렸다.

평소보다 더 빨라서 말 그대로 바람처럼 사라진 것이다.

양소은이 '귀신이야!' 하면서 비명을 지르자 부서진 법당 안의 목통에 몸을 숨기고 있던 당예와 제갈영, 백리연이 뒤늦게 비명을 질렀다.

"끼야아아악!"

참으로 때 지난 비명이었다.

* * *

"아, 이런 젠장맞을."

괴인은 투덜거리면서 달리고 있었다.

나한승들의 신법도 제법이었지만 괴인을 따르기에는 요원했다. 휘파람 소리도 언제부터인가 들려오지 않았다.

괴인은 그렇게 나한승들을 따돌리고 휘적거리는 걸음으로 단숨에 바람을 가르며 내원을 가로지르고 있었다.
　"망할 놈. 정도껏 해야지. 나 여기 있소…… 하는 것도 아니고 그렇게까지 공력을 올리면 뻔히 들킬 걸 알면서."
　워낙 팔괘장의 공력이 커지니 괴인은 순간 아차 싶었다. 벌써 곁에 있던 두 꼬마가 낌새를 눈치채고 달아났을 지경이니 머잖아 근처에 있던 나한승들도 자신들을 알아챌 것이다.
　하여 급한 마음에 공력을 날려 버리긴 했는데 재수 없게 일부가 법당 벽에 구멍을 낼 줄이야!
　"하이구야."
　괴인은 한숨을 내쉬었다.
　"내 살아생전에 최고 미녀를 보는 것이 꿈이었건만, 그 망할 꼬마 때문에 이 무슨 비루한 처지가 된…… 응?"
　괴인이 갑작스레 한숨을 내쉬며 걸음을 멈추었다.
　주변을 단숨에 훑은 괴인의 눈살이 찌푸려졌다.
　아까부터 보이는 전각 모양들이 죄다 똑같다.
　"방금 지난 곳이구먼."
　괴인이 하늘을 보았으나, 아무것도 보이지 않는다. 마치 천장에 가려진 것처럼 달도 보이지 않고 사위가 유독 어둡다.
　게다가 사람 그림자라고는 코빼기도 비치지 않는다.
　아무리 소림에 바보만 살아도 이 같은 소동이 벌어졌는데 아무도 나와 보지 않는다는 건 이상한 일이다.

"에잉. 벌써 진이 발동된 건가?"

소림의 내원에 자리한 건물들은 진법을 따라 배치되어 있다. 사람을 해하거나 죽일 수 있는 진은 아니나 쉽사리 빠져나가긴 힘들다.

"소림의 내원을 들어오긴 쉬워도 나가긴 어렵다더니……."

괴인은 달아나려는 생각을 잠시 접어두고 완전히 걸음을 멈추었다.

"퉤엣."

괴인이 진득한 검은 액체를 침처럼 내뱉었다. 장건 때문에 체내로 들어온 독액(毒液)이었다.

"요즘은 소림에서 독공도 가르치나?"

괴인은 아무도 없는 컴컴한 공간을 향해 불평을 털어놓았다.

그러자 언제 그곳에 있었는지 모르게 온화한 미소를 머금은 노승 한 명이 나타났다.

"정규 과정에는 없지요."

달밤에 정원을 거니는 걸음으로 노승이 다가오다가 가만히 서서 반장을 한다.

"아미타불."

주변 공기가 진동하는 듯하다. 야음(夜陰)이 웅웅대며 파도처럼 일렁거린다.

괴인은 장건을 뒤로 내려두고 가볍게 혀를 찼다.

"항마보리선장(降魔菩提禪掌)? 쯧. 날 시험할 생각이라면 그만두게."

청량한 목소리로 괴인이 손을 내저었다. 놀랍게도 그 한 수에 괴인을 향해 몰려들던 야음이 가볍게 물러났다.

고절한 한 수다.

노승, 굉운이 의외라는 눈빛을 했다.

괴인이 사이한 무공을 익혔다면 항마보리선장에 영향을 받아야 할 텐데 그게 아니다. 적어도 괴인이 사마외도의 무공을 익힌 자가 아니라는 뜻이다.

괴인이 물었다.

"이 같은 야밤에 방장 대사께서 직접 행차를 하신 연유가 무엇인가?"

방장 굉운이 쓰게 웃으며 답했다.

"여시주들의 비소(秘所)에 음적(淫賊)이 나타났다 하여 기다리고 있었지요."

"그럼 음적을 쫓을 일이지, 방장 대사께서는 왜 애먼 사람을 진법에 가두시는 겐가."

"사건이 생긴 직후에 복면을 하고 달아나는 이를 본다면 누구라도 그가 범인이라 생각하지 않겠습니까?"

괴인이 딱 잘라 말했다.

"난 그런 사람이 아닐세."

"그렇다면 복면을 벗어주시지요. 떳떳한 사람이 얼굴을 가리고 다닐 필요가 있겠습니까?"

괴인은 복면을 벗지 않고 가만히 서 있었다. 여차하면 손이라도 쓰고 달아날까 궁리하는 모양새였다.

굉운이 반장하고 있던 손을 앞으로 쭉 내밀었다. 중지와 약지를 엄지로 말고 밀어내듯 장을 쳐낸 것이다.

굉운의 손바닥이 여러겹 겹치면서 괴인의 전면을 뒤덮었다. 하나하나의 손 그림자마다 거대한 위력을 지닌 것도 모자라서 빛살처럼 빠르기까지 했다.

"반야대수인(般若大手印)!"

기습공격에 괴인이 일갈하며 손을 마주 내밀었다. 양손을 휘저으며 굉운의 장영(掌影)을 공처럼 한데 모으는가 싶더니 팔을 떨쳐 장영을 흩어 버렸다.

반야대수인이 발출될 때와 괴인이 반야대수인을 마주할 때에는 전혀 소리가 나지 않았는데, 흩어진 장영이 바닥에 튕겨지자 땅이 움푹 꺼지며 굉음이 울린다.

퍼퍼펑!

굉운이 웃었다.

"훌륭한 태극경입니다."

괴인의 얼굴이 일그러졌다. 워낙 굉운의 반야대수인이 빠르고 강맹하다 보니 반사적으로 몸에 익은 수법을 쓰고 말았다.

굉운 정도나 되는 사람이 자신의 수법을 알아보지 못할 리가 없는 것이다.

"방장의 실력이 듣던 것보다 훨씬 대단하구만. 대충 자리를 모면해볼까 했는데, 거 참……."

장건도 그렇고 방장 굉운도 그렇고, 란 말이 목까지 올라왔다.

"에잉."

괴인이 복면을 벗었다.

복면을 벗자 괴인의 안면이 달빛에 완연히 드러났다. 머리를 상투로 틀어올린 젊은 청년!

바로 아침에 문사명과 장건이 만났던 그 젊은 도인이었던 것이다.

게다가 이십 대 정도의 청년이 이제껏 소림의 방장 굉운에게 하대를 한 것도 놀라운 일인데, 그를 보는 굉운의 얼굴은 더 놀란 표정이었다.

"허어!"

굉운은 그 얼굴을 기억하고 있었다.

어찌 모를 수 있을까. 일 갑자도 전에 본 얼굴과 똑같은 얼굴인 것을.

"풍진 선배님께 말씀은 들었습니다만…… 하나도 변하지 않으셨군요."

"변하지 않긴 무슨, 그냥 반로환동(返老還童)한 거야."

도인은 아무것도 아닌 냥 말했지만, 반로환동이란 네 자는 결코 아무나 내뱉을 수 있는 단어가 아니었다.

무림 역사상 반로환동을 겪은 이는 열 손가락으로 꼽을 수 있을까 할 정도인 것이다.

굉운이 반장하며 고개를 숙였다.

"무당뿐만 아니라 전 무림의 홍복입니다. 감축드립니다."

"별거 아니래도. 한 일 갑자 정도 산에서 좋은 공기 마시고 풀때기만 먹으면 누구나 다 할 수 있는 걸 뭔 감축까지나……."

도인이 곧 말을 멈추고 뒷짐을 졌다. 뒷짐을 지는 자세가 지극히 자연스럽다. 겉모습은 이십 대 청년이나 하는 행동은 영락없는 노인이다.

"뭐, 나야 그렇다 치고 음적인지 악적인지를 쫓는 중이라 했으니 마저 일을 보게나."

"그 전에 왜 선배님께서 소림의 내원에 복면을 하고 들어오셨는지 여쭈어도 되겠습니까?"

"그게……."

도인이 말을 하려는 찰나에 나한승들 여럿이 달려왔다.

"악적이 여기 있다!"

"멀리 달아나지 못했구나, 이놈!"

나한승들이 달려와 도인을 포위하고는 방장 굉운에게 가볍게 반장을 한다.

도인의 표정이 머쓱해졌다.

"험험."

나한승들이 하나같이 눈에 불똥을 튀며 도인을 노려보았다.

"이놈! 감히 그런 짓을 하고도 달아날 수 있을 줄 알았느냐?"

법당에서부터 쫓아온 나한승들이었다. 도인도 할 말이 없어지고 말았다.

"험험…… 뭔가 오해가 있었는가 본데."

"우리가 법당에서부터 널 쫓아왔거늘 무슨 발뺌이냐!"

그때 굉운이 나한승들에게 꾸짖듯 말했다.

"말을 삼가거라. 이분은 무당에서 오신 허량 진인이시다."

"예?"

나한승들이 어리둥절한 얼굴로 굉운과 도인을 번갈아 보았다.

허량이란 도명은 흔한 편은 아니지만 무당에서는 단 한 명만이 그 도명을 썼다.

한데 나한승들이 알기로 무당의 허량 진인은 홍오와 같은 시대에 강호에서 활약하던 대선배다. 나이가 한 갑자 반을 넘은 노인이지 눈앞에 보이는 것처럼 새파란 어린 청년이 아닌 것이다.

"설마…… 환야(幻爺)를 말씀하시는 건 아니겠지요?"

굉운이 말없이 고개를 끄덕였다.

나한승들은 입을 떡 벌리고 허량을 쳐다보았다.

다른 사람도 아니고 환야 허량이라면 검성이나 검왕, 독선, 청성일검처럼 우내십존 중의 일인이 아닌가!

환야 허량은 강호에 무명(武名)을 쌓지는 못했으나, 간혹 무당의 본산에서 뭇 사람들의 입에 오르내릴 만한 무위를 선보이곤 했다.

무당의 제자 백여 명이 한꺼번에 달려들어도 그의 옷깃조차 손댈 수가 없었던 것은 유명한 일화 중 하나였다. 그만큼 허량의 몸놀림이나 무위가 워낙에 신비로워 환야라는 별호가 생긴 것이다.

'그런 사람이니까 아무에게도 들키지 않고 소림의 내원에 들어오는 일이 가능하기도 한 것이고…….'

굉운이 그렇게 생각을 하고 있을 때, 나한승 중 한 명이 중얼거렸다.

"환야께서 왜 이런 짓을……."

허량의 얼굴을 붉히게 만드는 중얼거림이었다.

"그러니까 그게……."

허량이 뭔가 변명거리를 찾다가 생각난 게 있어 물었다.

"그러고 보니 왜 내게만 이러는가?"

굉운이 되물었다.

"무슨 말씀이신지요?"

"아, 나 말고 다른 녀석들이 있었을 텐데?"

"진 안에는 허량 선배님밖에 없습니다만."

"그럴 리가 있나!"

허량이 눈을 째릿 떴다.

"같은 소림의 제자라고 누군 봐주고, 나한테만 덤탱이 씌우는 거 아닌가?"

"진이 발동되면 예외 없이 누구나 이곳으로 오게 되어 있습니다. 지금 이곳에는 선배님 외에 아무도 없지 않습니까."

"숨겨놓고 모르는 척하는 거 아닌가?"

"아미타불. 소승이 어찌 거짓말을 하겠습니까."

허량 역시 그런 일로 거짓말을 할 위인은 아니었다. 굉운은 어렴풋이 누군가를 떠올릴 수 있었다.

'문원 사숙조이신가……'

팔대호원에 펼쳐진 진을 무사히 통과할 수 있는 이는 소림에 몇 되지 않고, 그중에서 가장 유력한 이가 바로 문원이었다.

'문원 사숙조가 모습을 드러내셨다면……'

굉운은 씁쓸하게 웃을 수밖에 없었다.

'건이로군.'

문원이 모습을 드러낼 만한 사유라면 역시나 장건밖에는 생각할 수 없는 것이다.

그런데 그때 두런거리는 사람의 소리가 들려왔다. 보통 사람이 듣기에는 어려운 먼 거리의 말소리였지만 허량이나 굉운이나 그 정도는 들을 수 있을 정도의 무공을 가진 이들이다.

"보게나. 내 말이 맞지. 이제야 오는가 본데, 내가 너무 빨리 뛰었나?"

왠지 모르게 의기양양해진 허량이었다. 굉운은 자신의 생각이 틀렸나 하고 잠깐 의심했다.

두런대는 소리가 멀리서부터 가까이 오기 시작했다.

나한승들과 굉운이 모두 입을 다물고 기다렸다. 지금도 꽤 큰 일이 벌어진 셈이지만, 모든 강호의 이목이 소림에 몰린 이때 허량의 말대로 소림의 제자가 관련되어 있다면 더 처치곤란한 문제인 것이다.

그러나…….

들려온 소리는 이들의 예상과 전혀 다른 것이었다.

"아이, 참. 여기서 이러지 말아요."

"뭐 어때. 보는 사람도 없는데."

"그나저나 우리 여기까지 들어와도 괜찮은 거예요?"

"괜찮아. 사람도 없고 좋잖아."

"하지만 소림사의 스님들께 들키기라도 하면……."

"어허. 괜찮다니까. 봐. 아무도 없잖아. 여기만큼 조용한 곳도 없어."

"하지만……."

"그러지 말고 손 좀 치워봐."

"어머! 거긴…… 부끄럽단 말예요."

둘만의 사랑을 속삭이기 위해 어둡고 조용한 곳을 찾아다니는 연인들에게 출입 제한 지역만큼 매력적인 장소는 없는 것이다.

입을 다물시다 61

그들도 우연찮게 진에 휘말려 이곳으로 오게 된 것이리라.

"쩝……."

허량은 입맛을 다셨다. 적어도 굉운의 말은 거짓이 아니었다.

나지막한 목소리로 굉운이 허량에게 말했다.

"아무래도 이곳은 얘기를 할 만한 곳이 아닌가 봅니다. 자리를 옮기시지요."

"……그러세."

굉운이 나한승들에게 눈짓했다.

굉운과 허량이 자리를 떠나자 나한승들이 철없고 발칙한 젊은 연인들을 내보내기 위해 움직이기 시작했다.

* * *

찬 밤바람이 솔솔 들어오는 구멍 난 벽 안에서 다섯 소녀들이 침묵을 지키고 있었다.

워낙 황당한 일이 벌어진 터라 물기를 닦을 생각도 못하고 젖은 채로 옷을 입은 소녀들이었다.

"확실해?"

당예의 물음에 양소은이 고개를 끄덕였다.

"너도 봤잖아. 장건이 확실해."

제갈영이 끼어들었다.

"나도 봤어. 하지만 아냐."

"뭐가 아냐?"

"건 오라버니가 그럴 사람인 거 같아? 오라버니가 여자에게 관심이 없다는 건 댁들도 잘 알잖아."

자연스레 네 쌍의 눈이 백리연을 향했다.

쌍코피가 터진 강호제일미는 장건이 여자에게 관심이 없다는 살아있는 증거였다.

네 쌍의 눈빛은 같은 생각을 담고 있었다.

그러나 백리연은 그런 눈빛을 알아챌 수 있을 정도의 상태가 아니었다.

물에 젖은 옷을 대충 입고 바닥에 주저앉아 있는 것이 꼭 실성한 듯하다.

하지만 실상은 조금 다르다.

백리연은 다리에 힘이 풀려 일어설 힘이 없었을 뿐이었다.

얼굴이 자꾸만 화끈거리고 놀란 가슴이 쿵쿵거려서 어질거릴 지경이었다.

아무것도 걸치지 않은 상태로 처음 받은 남자의 눈길.

자신의 몸이 얼마나 아름다운지 알고 있기에 맨몸으로 어디에 나서도 부끄럽지 않을 거라고 생각했던 백리연이었다. 그런데 실제로 그런 일이 벌어지고 나니 부끄러워서 쥐구멍에라도 숨어들고 싶은 심정이었다.

백리연 스스로도 부끄러워하고 있다는 걸 믿을 수가 없었다.

한데 그런 백리연의 귓가에 제갈영이 말하는 소리가 들려왔다.

'……오라버니가 여자에게 관심이 없다는 건 댁들도 잘 알잖아.'라는 말.

그 말을 들은 순간 백리연은 왠지 모르게 화가 났다.

백리연은 가슴이 콩콩거리며 뛰는 소리가 들릴까 봐 애써 태연한 척하며 고개를 들었다.

"너희들 뭔가 착각하고 있는 거 아냐? 여자에게 관심이 없는 게 아니라 너희들에게 관심이 없는 거겠지."

"뭐라고?"

"하아. 아무렴 너희들이 목욕하는 모습 따위를 보려고 목숨을 걸면서까지 훔쳐보려 했을까?"

백리연이 다소곳하게 자신의 가슴에 손을 얹었다. 누가 봐도 '당연히 나 때문이지.'라고 말하는 듯했다.

양소은이 기가 막혀 하며 물었다.

"너나 좀 정신 차려. 홀딱 벗은 알몸을 다 보여 놓고 지금 그런 말이 나와? 그나마 우린 통 안에라도 있었지."

"누가 그걸 몰라?"

백리연이 '하아' 하고 길게 한숨을 내쉬었다.

"그래. 보였지. 내 모든 걸 보여줬지."

백리연을 제외한 네 소녀들은 안쓰러운 표정을 지었다. 백리연의 태도나 말투가 기분 나쁘다 해도 같은 여자로서 적어도 지금만큼은 백리연이 불쌍하다는 생각이 들었다.

그러나 그것도 잠시.

"그래. 이왕 이렇게 된 거 어쩌겠어."

"응?"

백리연의 그 말에 네 소녀들은 당황했다.

"뭐, 뭐가 이왕 어쩐다고?"

백리연은 이미 결심한 듯 말했다.

"내게 정식으로 사과를 하면 그를 받아줘야 할지도."

네 소녀가 입을 딱 벌렸다.

백리연이 계속해서 말했다.

"나한테 함부로 굴긴 했지만 따지고 보면 그땐 내 잘못도 좀 있었고…… 나한테 마음이 있었는데 내가 자기를 알아봐주지 않으니 화가 나서 더 그럴 수도 있었겠지."

백리연은 스스로 말해놓고도 고개를 끄덕거렸다.

"그래. 생각해보니 이제 다 이해가 되네."

양소은이 입을 다물지 못하고 물었다.

"넌…… 그래서 지금 이게 용서가 된다는 거야?"

"아니, 용서가 안 돼."

백리연이 미간을 찌푸렸다.

"왜 좋으면 좋다고 당당하게 말하지 못하고 애처럼 못난 행동을 하는 거지? 이러면 그동안 내가 목욕하는 걸 훔쳐보려 했던 수많은 색마들과 별다를 바가 없잖아."

"그래. 색마. 색마 같은 행동을 했는데도 넌 건이를 받아주겠다고 하는 거야? 지금?"

갑자기 백리연의 볼이 새빨갛게 달아올랐다. 백리연이 외쳤다.

"너, 너희들 따위가 상관할 필요 없잖아!"

"뭐?"

정말로 의외의 일이었다.

도도하고 거만하기까지 하던 천하의 백리연이 부끄럼을 타고 있다?

'벗은 몸을 다 보여줘서 어쩔 수는 없는데 책임지란 말을 하기는 자존심이 상했나?'

'너무 충격을 받아서 자기도 건이를 좋아한다고 착각하는 거 아냐?'

이유는 모르지만 어쨌든 충격을 받은 건 확실해보였다.

다른 소녀들이 어떻게 생각하든 백리연은 후다닥 일어서더니 문 쪽으로 갔다. 그러고는 법당 밖으로 뛰쳐나가려다가 고개를 돌렸다.

"아, 한 가지 잊은 게 있는데. 오늘 일은 그냥 덮어줬으면 좋겠어. 어차피 너희들은 별로 피해를 본 것도 없을 테니까."

제갈영이 빽 소리를 질렀다.

"우리가 피해를 본 게 왜 없어!"

"못생겼으면 말귀라도 잘 알아들어야지. 오늘 일은 남의 집안일이 될 테니까 신경 쓰지 말란 말이야."

백리연은 제갈영을 한 번 째려보더니 곧 법당 밖으로 나가 버렸다.

"야! 남의 집안일에 끼어든 건 너잖아!"

제갈영이 소리를 쳤지만 백리연은 벌써 법당을 나가 버린 후였다. 들었는지 못 들었는지는 알 수 없지만 들었어도 별로 신경을 쓰지 않을 게 분명했다.

제갈영은 바닥이 젖은 것도 잊고 털썩 주저앉았다.

"으앙…… 뭐 저런 게 다 있어!"

양소은이 다가가 제갈영의 머리를 토닥거렸다.

"울지 마."

"건 오빠의 첫 번째 부인은 나야! 나란 말야!"

양소은이 계속 제갈영의 머리를 토닥거리며 말했다.

"다들 어쩔 거야?"

"뭘?"

"백리연이 말한 것처럼 정말 오늘 일을 덮어둘 거야? 아니면……."

남궁지가 대답했다.

"덮지 않으면?"

"뭐…… 방장 대사께 말씀을 드린다거나……."

"그럼 장건은 멀쩡할까?"

남궁지가 묻고는 스스로 대답했다.

"평생 면벽의 형벌을 받게 될지도 몰라. 심한 경우 거세까지……."

당예와 제갈영이 동시에 외쳤다.

"그건 안 돼!"

양소은이 턱을 긁적거렸다.

"하긴…… 괜한 소문이라도 났다간 우리 혼삿길도 막힐 테고."

제갈영이 울음 섞인 목소리로 소리쳤다.

"영이는 혼삿길 막히지 않아! 건이 오라버니랑 혼인할 거니까!"

제갈영의 외침을 무시하고 남궁지가 결론을 내렸다.

"오늘 일…… 완전히 덮을 수는 없어. 사실은 인정하지만 처벌은 원치 않는다는 쪽으로…… 해야겠지."

제갈영과 당예가 손을 들었다.

"찬성!"

양소은은 어깨를 으쓱했다.

"너희들이 그렇다면 뭐."

갑자기 당예가 남궁지에게 물었다.

"아! 그나저나 우릴 오늘 여기서 보자고 했던 이유는 뭐야?"

"얘길 좀 해보려고."

"무슨 얘기?"

"지금 일어난 일과 같은 맥락으로…… 장건이 정말 여자에 관심이 없어 보여서."

"그거라면 해결된 것 아냐?"

남궁지가 고개를 살짝 옆으로 기울이며 대답했다.

"그럴지도."

제갈영이 엉엉대며 주저앉은 채 주먹으로 바닥을 쳤다.

"남편 너무 실망이야. 그냥 보여달라고 하면 영이가 보여줬을 걸, 왜 훔쳐보길 훔쳐보냐고…… 정말 실망이야!"

양소은도 고개를 끄덕였다.

"그러게. 백리연을 날려 버릴 정도의 남자가 이럴 줄은 정말 몰랐어. 조금은 흥미가 있었는데 말이지."

남궁지가 돌연 당예를 쳐다보았다.

"넌?"

"으, 응? 나?"

끄덕.

당예는 짐짓 화가 난 척 언성을 높였다.

"당연히 나도 이럴 줄 몰랐어. 이런 남자인 줄 알았다면 아무리 대단하다 하더라도 애초에 관심을 두지 않았을 거야! 당가의 일원으로서 이건 너무 자존심이 상하는 일이야."

"그렇구나……."

남궁지가 빤히 세 소녀를 보며 대답했다.

"난 좀 다른데."

"으응?"

"그나마 뭘 좋아하는지 알았으니, 이젠 다가갈 방법이 생긴 거 아냐?"

흠칫!

남궁지의 말에 세 소녀의 몸은 순간 굳고 말았다.

서로 각기 다른 이유로.

*   *   *

딱!

"아야! 왜 때리세요?"

딱딱!

"악! 왜 저만 두 대 때려요?"

"눈에 힘 빼라."

딱딱딱!

"아우우……."

"어허. 똑바로 무릎 꿇고 앉지 못할까."

"예……."

일찌감치 도망쳤던 소왕무와 대팔, 그리고 장건은 불목하니 노인 문원의 앞에 무릎을 꿇고 앉아 있었다.

문원이 혀를 차며 말했다.

"쯧쯧. 이놈들이 여기가 어디라고 그런 짓을 해. 너희들 그러다 걸리면 어떻게 될지 생각도 안 해봤냐?"

소왕무가 항변하는 투로 대답했다.

"벌써 걸렸잖아요."

딱!

"아욱!"

소왕무가 머리를 감싸쥐었다. 때리는 걸 보지도 못했는데 눈에서 불이 번쩍 났다.

"아무리 어리더라도 가릴 건 가릴 줄 알아야지. 이놈들아, 바깥에서 그러다 걸리면 애들 장난이겠거니 하고 몇 대 얻어맞으면 그만이지만, 여긴 소림이 아니냐. 아, 하물며 수행하는 녀석들이 착한 친구를 꼬드겨서 그럼 되니?"

착한 친구란 아까부터 아무 말 없이 무릎 꿇고 앉아 있는 장건을 말하는 것이었다.

소왕무가 칭얼댔다.

"하지만 저희가 욕심이 나서 그런 게 아녜요. 이게 다 건이를 위해서였다고요."

따닥!

"아얏! 정말이에요. 건이 아버님이 부탁을 하셔서……."

딱!

"건이 아버님이 아, 여자들 목욕하는 것 좀 훔쳐보게 해달라 부탁하시디?"

"그게 아니구요. 건이 얘가 너무 여자에 관심이 없어서 고

입을 다뭅시다 71

민이 많으시거든요."

"흠…… 그래서 여자들 목욕하는 걸 훔쳐보게 했다?"

"네. 저희는 진짜 아무것도 못, 아니 안 봤어요. 건이에게 다 양보했단 말예요."

딱 딱!

"참으로 멋진 우정이다, 이놈들아. 잘못했으면 뉘우칠 줄 알아야지, 하이고……."

덤으로 얻어맞은 대팔이 소왕무에게 눈을 흘기며 문원을 쳐다보았다.

"그런데 할아버지는 누구세요?"

"나? 나야 뭐, 그냥 절에서 일하는 불목하니지."

대팔이 벌떡 일어났다.

"에이 씨, 난 또 깜짝 놀랐잖아. 무슨 불목하니가 이래라저래라 하는 거야?"

그 순간 이제까지와는 비교할 수 없을 만큼의 영롱한 타격 소리가 울렸다.

빡!

"우악!"

대팔의 머리에 큼지막한 혹이 생겨났다. 대팔은 눈물을 찔끔거리면서 다시 무릎을 꿇었다.

"씨잉…… 보긴 건이가 다 봤는데 건이는 안 때리고 자꾸 우리만 때리셔."

문원이 다시 혀를 찼다.

"아무래도 내 방장 대사께 알려서 너희들 혼 좀 내주시라 해야겠다. 계율원에서 곤장 백 대를 맞고 한 십 년 면벽을 해야 정신 좀 차리겠구나."

소왕무와 대팔은 그 말을 듣기가 무섭게 넙죽 엎드렸다.

"잘못했습니다!"

"제발 그것만은……."

"시끄럽다, 이놈들아. 내가 너희들을 몰래 빼오느라 얼마나 고생을 했는데…… 하긴 다른 놈 하나는 잡혔으니까 어차피 너희들도 들통나는 건 시간문제겠다만."

소왕무와 대팔의 얼굴이 순식간에 노래졌다.

문원이 장건을 생각하는 마음은 적지 않다. 여러 가지 일을 겪으면서도 꿋꿋하게 버텨내는 장건이 언젠가 소림의 위상을 드높여줄 거라 믿고 있었다.

그런 장건이 이런 지저분한 일에 연루되어 앞길이 막히지 않기를 원했기에 일부러 진법에서 빼내온 것이다.

'철없는 애들이 그래도 친구를 생각한다고 한 일이라, 방장에게 부탁을 한다 해도…… 처자들이 문제겠구먼. 처자들이 가만히 있지 않을 테니.'

그냥 내버려두어야 했었나 후회가 들기도 하지만 그 자리에서 장건이 잡히게 내버려둘 수는 없었다.

'대체 그놈은 누구였지? 보통 무인은 아닌 것 같던데.'

장건과 겨루다가 달아난 무인은 벌써 방장과 대면하고 있을 것이다.

 '진이 발동된 이상 내원을 벗어나는 건 불가능하니 곧 정체가 밝혀질 테고, 당장은 얘들을 어떻게 돌려보내느냐 하는 게 문제인데…….'

 그때, 갑자기 무릎을 꿇고 있던 장건이 절을 하듯 앞으로 쓰러졌다.

 풀썩.

 "응? 너 왜 그러니?"

 소왕무와 대팔도 놀랐다.

 "어어?"

 "건아!"

 쓰러진 장건의 이마를 만져본 소왕무가 기겁을 했다.

 "열이 엄청나요!"

 그때까지 아무 말도 않고 있어서 잘못을 뉘우치는 중인가 했더니, 그게 아니었다.

 장건의 온몸이 펄펄 끓었다.

 "하아아……."

 장건의 입에서 뜨거운 입김이 흘러나왔다.

 대팔이 소리쳤다.

 "그놈하고 싸우다가 내상을 입었나 봐요!"

 장건이 괴로운 듯 몸을 틀었다. 한데 아랫도리가 크게 부풀어서 팽팽하게 바지가 튀어나와 있다.

아무리 좋게 봐줘도 이 와중에 묘한 생각을 하다가 그러진 않았을 터.

문원이 급히 장건의 몸을 훑었다.

눈은 새빨갛게 충혈되었고 턱과 목의 핏줄은 터질 것처럼 두드러졌다.

"어랍쇼?"

만져보니 피부가 불처럼 뜨겁다.

문원은 '으익!' 하고 탄성을 내뱉었다.

"어떻게 이런 일이……."

"할아버지! 말씀해주세요. 건이가 왜 이러냐구요! 내상이 심해서 그런 거면 빨리 의원이라도 불러 와야죠!"

"가만 좀 있어 봐, 이놈들아. 이건 내상이 아냐."

"그럼요?"

잔뜩 주름이 진 문원의 노안이 가늘어졌다.

그가 아는 한 이런 증상은 단 하나밖에 없었다.

"춘약(春藥)이다."

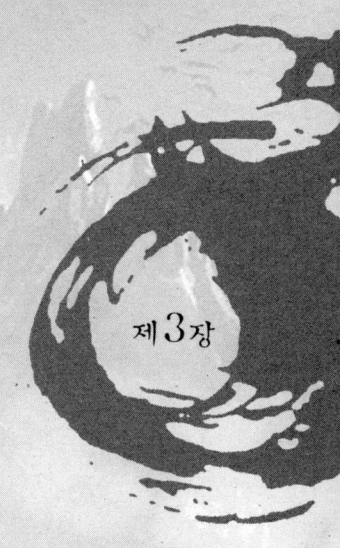

제3장

굉목의 과거

 춘약은 일정 시간 내에 남자가 여자와 교합(交合)하지 않으면 죽게 만드는 것으로 강호에서 사용되는 저급한 술수였다.
 수법 자체는 저열하지만 무공의 고하에 관계없이 걸려든다는 장점이 있어 종종 사용되는 수법이기도 했다.
 그리고 지금 장건이 바로 그 춘약에 당해 괴로워하고 있는 것이다.
 "네에?"
 춘약이라는 말을 들은 대팔의 얼굴이 하얗게 질렸다.
 "설마……."
 문원이 물었다.

"뭐 짚이는 거라도 있느냐? 있으면 빨리 말해보거라. 이대로 두면 건이의 생명이 위독하다."

"그게요. 저는 정말 그게 춘약인지 몰랐어요. 그냥 자기를 좋아하게 만드는 약이라고 해서……."

대팔이 횡설수설하자 소왕무가 대신 말했다.

"당가의 여자애가 장건에게 먹이라고 환단을 줬어요. 당가의 비전으로 만든 약인데 원하는 사람을 좋아하게 만드는 거라고 해서…… 젠장! 우리가 속았어. 그러게 그런 애 말 듣지 말자고 했잖아!"

문원은 고개를 설레설레 저었다.

"됐다. 지금은 그럴 때가 아니다."

"어떡해야 하죠?"

독정도 이겨낸 건이가 당할 정도의 춘약이라면 보통 춘약이 아니다.

교합을 시키지 않고 이대로 둔다면 장건은 필시 혈맥이 터져 죽고 말 것이다.

아무리 지금 소림에 많은 여인들이 찾아왔다지만, 다른 곳도 아닌 절에서 아무 여자나 데려다가 합방을 하게 만들 수도 없는 노릇이었다.

장건의 신음소리가 흘러나온다.

"괴…… 괴로워……."

문원은 입술을 깨물고 고민하다가 말했다.

"너희들은 건이를 데리고 숙소로 가 있거라."
"그동안 건이에게 일이 생기면 어떡해요?"
문원이 곧 장건의 혼혈을 짚었다.
장건은 괴로워하면서 잠이 들었다.
"약기가 돌지 않도록 재워두고 있으면 좀 나을 거다. 오래 버티지는 못하겠지만."
"할아버지는 어쩌실 건데요?"
"난 도와줄 사람을 찾으러 다녀오마."
"예."
문원이 바람처럼 사라지자, 소왕무와 대팔은 잠이 든 장건을 업고 빈 숙소로 향했다.
둘의 발걸음도 문원처럼 나는 듯 빨랐다. 장건이 죽기라도 한다면 평생 마음에 상처를 안고 살아야 할 것 같았다.

*　　*　　*

당예는 침소로 돌아오면서 뭔가 잘못됐다는 생각을 떨칠 수가 없었다.
'왜 건이가 거기에 있었지? 약이 잘못된 건가? 아니면 그 바보들이 건이에게 약을 주지 않았을까?'
소왕무와 대팔, 두 바보에게는 장건이 자신을 좋아하게 만드는 약이라고 했지만 틀린 말은 아니었다.

당가의 비전으로 만든 춘약은 강호의 뒷골목에서 쓰는 저속한 춘약과 달리 특정한 향을 가진 상대에만 반응하도록 되어 있다.

당예는 소매에 지닌 사향을 만지작거렸다. 그녀의 계획대로라면 오늘 밤 장건은 아무도 모르게 향을 좇아 자신에게로 찾아와야 했다.

일부러 내키지도 않는데 남궁지의 초청을 받아들여 내원에까지 들어간 것도 여기저기 향을 흘리기 위한 이유였다.

그런데 목욕을 하던 법당 근처에 장건이 있었다면 그때 이미 장건은 반응했어야 했던 것이다.

장건이 허량과 치열한 격전을 겨루면서 엄청난 공력을 주고받은 탓에 약효가 뒤늦게 퍼졌다는 걸 당예가 알 리 없었다. 거대한 공력이 잠시 동안 약효를 짓눌렀던 것이다.

'약이 잘못되었을 리는 없어. 그렇다면 정말로 내가 본 건 건이가 아니었을까? 내가 잘못 본 걸까?'

그러나 다른 소녀들도 모두 장건을 보았으니 아니라고 할 수도 없었다.

'아무튼 뭔가 잘못됐어.'

당예는 불안한 마음에 자꾸만 사향 주머니를 매만졌다.

장건이 이 향에 반응한다면 짐승처럼 자신에게 달려들 터였다.

당예라고 불안하고 두려운 마음이 들지 않은 것은 아니었다. 너무 막다른 곳에 몰려 극단적인 방법을 사용하긴 했지만 당예는 아직 처녀의 몸이었다.

아무리 가문을 위해서라지만 당연히 겁이 났다.

하지만 모순적이게도 한편으로는 기대감이 들기도 했다.

긴 시간은 아니지만 그간 독공을 가르친다는 명목으로 만나다 보니 정이 들었는지도 몰랐다.

며칠 전 강호제일미인 백리연을 망설임도 없이 때렸을 때에는, 마치 장건이 자신만을 마음에 두고 있어서 다른 여자에겐 관심도 없기에 가능한 일이라고…… 그런 생각도 잠깐 들었다.

당예는 별들이 잔뜩 뿌려진 밤하늘을 올려다보았다.

며칠, 아니면 당장 내일이라도 소림을 떠나야 할지 모른다. 그렇게 되면 다신 장건을 볼 수 없게 된다.

왠지 가슴 한구석이 먹먹하다.

'어쩌면 이게 건이를 볼 마지막 기회일지도 모르는데…….'

뭐가 잘못되었는지는 몰라도 당예는 장건에게 먹인 춘약과 자신이 가진 사향 주머니, 이젠 그것만을 믿을 수밖에 없었다.

당예가 복잡한 심정으로 침소로 돌아오는데, 누군가가 밖에서 당예를 기다리고 있었다.

"왔느냐?"

당예가 고개를 들어 그를 보았다.

"큰할아버님."

당사등이 가만히 당예를 지켜보다가 물었다.
"평소하고 다른 향내가 나는구나. 그 약을 쓴 게냐?"
당사등에게까지 숨길 수는 없었다.
어차피 각오하고 한 일이었다.
벼락 같은 호통이 떨어지리라 생각하면서 당예는 입술을 질끈 깨물고 대답했다.
"예……"
하나 돌아온 대답은 달랐다.
"잘했다."
당사등이 다가와 당예를 가볍게 끌어안고 머리를 쓰다듬었다.
"큰 각오가 필요했을 터인데 훌륭한 결심을 해주었다. 네가 나보다 낫구나."
"큰할아버님……"
"남들이 뭐라 하든 신경 쓸 것 없다. 이것이 본가의 방식이고 본가가 살아남는 길이다. 본가의 일원으로서 네 결단은 지극히 당연한 것이다."
당예는 당사등의 품을 벗어나 작은 한숨을 내쉬었다.
"왜 그러느냐. 걱정되느냐?"
"예."
"흠…… 걱정할 것 없다. 필요하다면 내 건이를 납치라도 해서 네 앞에 데려다 놓으마. 물론 이 주위에는 누구도 얼씬하지 못할 것이다."

 당사등은 자랑스러운 듯 당예의 어깨를 두드렸다.

 하지만 당예는 기뻐할 수도 없었고, 그렇다고 자랑스러워할 수도 없었다.

 "그런데 뭔가 잘못된 것 같아요."

 "잘못되지 않았다. 사향 주머니에서 본래와 다른 깊은 향이 나질 않으냐. 그것은 약을 먹은 자가 네 근처에서 향에 반응했다는 뜻이다."

 "아뇨. 근처에 있었던 건 맞는데요. 반응하진 않았어요."

 당사등이 껄껄 웃었다.

 "완전한 반응에 약간의 시간이 필요할 뿐이다. 머잖아 건이는 담장을 넘고 문을 부수며 널 찾아올 것이다. 그 전에 넌 신랑을 맞을 준비만 하면 될 게야. 비록 지금은 성대하지 못하나 본가로 돌아가면 내 아주 화려하게 혼인을 올려주도록 하마."

 당예는 안도하면서도 불안함을 감출 수 없었다. 단순히 시간이 걸린다 보기엔 장건은 너무 가까이에 있었다.

 "정말 그럴까요? 약이 잘못된 건 아닐까요?"

 당예가 마음을 놓지 못하자 당사등은 짐짓 수염을 쓰다듬으며 말했다.

 "예야, 네가 쓴 약은 말이다. 본가에서 전래되는 비전으로 만든 것이긴 하나, 내가 더욱 개량을 시킨 것이다. 결코 약이 잘못되었을 리가 없다."

"네?"

당사등의 말투에 당예는 이상한 생각이 들었다. 당사등은 마치 예전에 약이 잘못된 적이 있었다는 식으로 말하고 있지 않은가.

그렇지 않다면 굳이 개량을 할 필요도 없는 것이다.

당사등이 당예를 안심시키기 위해 말했다.

"네 생각이 맞다. 예전 방식으로 만들었던 약은 그 전에는 잘못된 적이 없었으나, 딱 한 번 실패했었다."

"정말요?"

당사등이 그때 생각을 하며 미간을 찌푸렸다.

"오래전에 홍오가 부탁을 해서 약을 건넨 적이 있었다."

"호, 홍오 대사님이요?"

"너도 알 게다. 아미파의 연화사태라고."

아미파의 연화사태는 당사등과 같은 대에 활동한 이로 약간의 괴벽이 있긴 했으나 고매한 여승으로 뭇 사람들의 칭송을 받았다.

하지만 설마하니 홍오와 연화사태가······.

당예가 고개를 흔들어 잡생각을 털고 대답했다.

"예. 알아요."

"홍오가 그 연화사태와 불법에 대해 논쟁이 붙었었는데, 흠····· 주제가 불심과 육욕(肉慾)에 관한 것이었다. 홍오는 예나 지금이나 괴상한 놈인지라 불심보다 육욕이 앞서는 것이 인간의 본성이니 정상이라 했고, 연화 사태는 육욕 또한 불심 속에 있는 것이라 육욕이 앞설 수 없다 했다. 결국 둘은 실험을 해보기로 했지."

당예가 눈을 동그랗게 떴다. 홍오나 연화사태가 아무리 덕이 높은 고승이라 해도 그런 얘기로 실험까지 했다니, 차마 믿기 어려운 이야기였다.

"해서 둘은 중과 비구니를 같은 방에 넣었다. 불심이 앞서느냐 육욕이 앞서느냐 지켜보기로 한 거지."

"그럼 약은……."

"홍오 놈이 내기에 이기기 위해 비겁하게도 내게 약을 청해 연화사태 몰래 쓴 게다."

"아……!"

"너도 짐작했겠지만, 실패했다. 중은 혈맥이 파열되어 피투성이가 된 채 비구니와 함께 나왔고, 둘은 아무 일도 없었다고 증언했다."

당사등이 말을 이었다.

"물론 내기는 홍오가 졌지만, 본가의 자존심도 먹칠을 한 꼴이 되고 말았다. 하여 난 이후에 심혈을 기울여 그 약을 더욱 개량하였다. 지금 본가에서 제조되는 약은 모두가 그 개량법에 따라 만들어진 것이지."

"그럼……."

"결코 약이 잘못되지 않았다는 뜻이다. 그러니 걱정할 것 없다."

 문득 당예는 궁금해졌다.

 당가 비전의 춘약도 듣지 않을 정도로 부동심(不動心)을 가진 중이 누구였을까? 아니, 이 경우에는 불심이라고 해야 할까?

 온몸의 혈맥이 찢어지는 고통을 참아내면서까지 춘약을 버텨냈던 그는 과연 누구였을까?

 적어도 보통 인물은 아님에 분명하다. 그래서 더 궁금하다.

 하지만 당예가 차마 묻지 못하고 당사등을 쳐다보니 당사등이 껄껄대며 웃었다.

 "네 눈빛을 보니 본가의 비전을 파훼한 이가 누군지 궁금한 모양이구나?"

 당예가 부끄러워하며 끄덕였다. 아무래도 여자아이이니 묻기에는 곤란한 얘기다.

 당사등이 별것 아니라는 듯 대답했다.

 "왜 있지 않으냐. 그 꼬장꼬장하게 생겨서는 바늘 하나도 들어갈 것 같지 않은 홍오의 제자……."

*   *   *

 문원은 어람봉을 오르고 있었다.

 문원의 생각이 맞는다면, 장건을 도와줄 사람…… 그것도 소림에서 거의 유일한 해결책을 가진 이가 바로 그곳에 있었다.

그리고 그 사람은 마치 문원을 기다리고 있기라도 하듯 암자 앞에 나와 있었다.

멈칫.

장건의 부친이 온 이후, 담백암으로 다시 올라와 있던 굉목이 문원을 발견하고는 걸음을 멈추었다.

굉목은 잠이 오지 않아 잠시 마당을 거닐던 중이었는데 마치 귀신이라도 본 양 눈을 휘둥그레 떴다.

문원이 먼저 말을 걸었다.

"나를 기억하겠나?"

굉목은 너무 놀라서 불호까지 외웠다.

"아미타불. 설마…… 문원 사숙조?"

머리는 길게 자랐고 굉목의 기억보다 더 늙어 버렸지만, 굉목의 기억은 아직 문원을 잊지 않았다.

문원이 고개를 끄덕였다.

"맞네."

"오래전에 입적하신 줄 알았습니다."

"대외적으로는 그러하네. 지금은 그냥 불목하니 노릇을 하고 있지."

"은노가 되셨군요."

소림의 보이지 않는 수호자.

있다고 말을 들은 것도 아니고, 전설처럼 그런 이들이 있다는 것만 어렴풋이 알고 있었다.

그런데 죽은 줄 알았던 사람이 정말 은노가 되어 나타난 것이다.

굉목은 지그시 눈을 감았다.

다른 사람이 아닌 문원 사숙조가 은노가 되었다면 그리 이상한 일도 아니다.

문원은 사형이자 천하오절인 문각의 그림자에 가려져 있었을 뿐 대단한 무공의 소유자였다. 거기에 소림에 대한 마음마저 일편단심이어서 소림을 위해서라면 목숨까지도 내던질 수 있을 정도였다.

그런 그가 은노가 된 건 어쩌면 당연한 일인지도 모른다.

굉목은 곧 눈을 떴다.

모습을 숨기고 사는 은노가 자신을 찾아왔다는 것에 기이함을 느낀 것이다.

그러나 굉목이 묻기도 전에 문원이 먼저 말을 꺼냈다.

"내가 갑자기 찾아온 것에 놀랐을 거라 생각하네. 하나 자네가 아니면 도울 수 없는 일이 있어 왔네."

"말씀 편히 하십시오. 자네라니요. 어울리지 않습니다."

"난 일개 불목하니이니 이만한 말투도 과분하네."

"뜻이 그러하시다면, 알겠습니다. 하문하시지요."

"내가 하고픈 얘기가 자네에겐 극히 떠올리기 싫은 일이겠으나……."

굉목의 표정이 딱딱하게 굳었다. 장건에게 정을 느낀 이후로 풀어졌던 표정이 원래의 굉목다운 표정으로 돌아왔다.

"사부와 관련된 일입니까?"

문원이 고개를 끄덕이자 굉목은 얘기를 듣지도 않고 곧바로 고개를 저었다.

"싫습니다."

문원이 툭 던지듯 말을 내뱉었다.

"자네가 데리고 있는 아이의 목숨이 달린 일일세."

그 한마디에 굉목의 딱딱한 얼굴에 엄청난 분노의 감정이 떠오른다.

"건이에게 무슨 일이라도 생겼습니까?"

굉목의 쩌렁거리는 목소리가 산중의 밤을 뒤흔들었다.

"만일 사부 때문에 건이에게 변고가 생겼다면 내 결코 사부를 용서하지 않을 것입니다!"

문원은 절규하듯 외치는 굉목을 가만히 지켜보며 말했다.

"홍오와 관련이 있는 일이라고 했지, 지금 홍오가 관련되어 있다고는 하지 않았네."

"대체 무슨 일입니까!"

문원은 잠시 호흡을 골랐다.

사람들은 홍오에 대한 굉목의 감정이 그저 분노와 미움뿐이라고만 안다. 일부를 제외하고는 왜 굉목이 사부인 홍오를 그토록 싫어하는지도 알지 못한다.

문원조차도 정확한 이유는 모른다.

그러나 어쩌면 지금, 굉목이 홍오를 그토록 미워하게 된 원인…… 그 원인이었을지도 모르는 과거에 대한 얘기를 해야만 하는 것이다.

"오래전……."

문원이 입을 열었다.

굉목은 눈에서 퍼런 광망을 내뿜으며 문원의 이야기를 들었다.

"오래전 홍오가 자네에게 먹였던 춘약이 당가의 것이 확실했는가?"

쿵.

굉목의 눈에서 뿜어나오던 시퍼런 광망이 얼어붙었다.

세상이 멈춘 듯, 시간이 멈춘 듯.

굉목은 조금도 움직이지 않고, 심지어 눈조차 깜박이지 않고 정지해 버렸다.

여유가 있었다면 문원은 굉목이 조금이라도 마음을 추스를 수 있는 시간을 주었을지도 몰랐다.

하지만 문원은 그럴 시간이 없었다.

"떠올리기도 싫은 힘든 일이라는 건 알지만……."

굉목은 겨우 입만 열어 더듬거렸다.

"거, 건이가…… 그 야, 약. 당가의 춘약을 먹었습니까?"

어떻게, 라고는 묻지 않았다.
문원이 대답했다.
"그러하네."
털썩.
썩은 나무가 넘어가듯 꾕목은 바닥에 주저앉았다. 하염없이 바닥을 바라보는 것이 얼빠진 사람 같다.
"건이가…… 건이가 왜 그 약을……."
"미리 말하지만 홍오는 관계가 없네. 내가 알고 싶은 것은 자네의 얘길세."
꾕목은 정신이 나간 사람처럼, 아니 정말로 정신이 나가 아무런 대답도 하지 못했다.
"문원…… 사숙조께서도 그 일을…… 알고 계셨군요."
"본산에서도 몇몇 정도는 알고 있네."
꾕목의 고개가 힘없이 툭 떨어졌다.
"그래서…… 제게…… 물어볼 것이…… 무엇인지요."
"자네는 당시 아무런 일이 없었다 하였네. 맞는가?"
꾕목이 힘없이 고개만 끄덕였다.
"자네가 어떻게 당가의 춘약에서 벗어날 수 있었는지 알려주게. 건이를 살려내려면 자네가 그 춘약에서 벗어났던 방법을 알아야 하네."
꾕목은 혼령이 빠져나간 듯 공허한 눈으로 문원을 응시했다. 텅 비어 버린 눈동자인데도 그 안쪽 깊은 곳에서는 무언가가 가득 꿈틀거리고 있었다.
 "말해주게. 힘든 일이라는 건 아나 아이의 목숨이 달려 있는 일일세."
 "사숙조……"
 "비밀은 지켜주겠네. 다른 것도 묻지 않겠네. 자네가 춘약을 벗어날 수 있었던 방법만 말해주게."
 굉목은 허망한 눈으로 문원을 바라보다가 한 자 한 자 또박또박, 하지만 지극히 기운 없는 목소리로 대답했다.
 "저는…… 벗어나지 못했습니다."
 "뭐, 뭣이?"
 문원은 굉목의 텅 빈 눈동자에 오염된 듯 몸이 경직되었다.
 "자네가 파계(破戒)를……!"
 굉목이 절규했다. 아니, 오열했다.
 "벗어나지 못했단 말입니다. 예…… 색계(色界)에 빠져 파계를 범했단 말입니다. 파계, 파계했단 말입니다!"
 "이럴 수가…… 그러면 그때 아무 일도 없었다 한 것은 거짓말이었는가?"
 "그렇습니다. 그렇습니다……"
 굉목의 비어 버린 눈동자 안쪽에서 꿈틀거리던 것들이 마구 튀어나오기 시작했다.
 그것은 굉목이 평생 가슴에 담고 살았던 짐의 무게만큼이나…… 그토록 홍오를 미워한 만큼이나 억눌러 참아야 했던 고통의 눈물이었다.

"여기가 어딥니까, 사부님?"
 굉목은 어리둥절한 표정으로 홍오를 바라보았다.
 다짜고짜 홍오가 굉목을 데려간 곳은 어딘가의 동굴이었다. 칙칙한 묵색의 바위 절벽 틈에 생겨난 자연 동굴은 수십 년간 사람의 손이 닿지 않는 듯, 은밀하고 적막한 곳이었다.
 "내 말 안 했냐. 여기서 네 녀석의 불심을 좀 시험하겠노라고."
 굉목은 사부에 대한 존경심을 억지로 되새기려 노력하며 말했다.
 사실 말이야 바른 말이지만, 홍오가 남의 불심에 대해 이래라저래라 할 인물은 아닌 것이다.
 "사부님과 단 둘이 말입니까?"
 "뭐, 꼭 그런 건 아니고."
 "그럼 저 혼자서 여길…… 왜."
 홍오는 제자가 묻고 따지는 게 귀찮았는지 냅다 그의 등짝을 밀었다.
 "일단 들어가기나 해라."
 "사부님!"
 굉목이 동굴 안으로 들어서는 순간.
 구―웅!

홍오가 커다란 돌을 옆으로 밀어 입구를 막아 버렸다.
"사부님!"
당황한 굉목이 바위를 치며 홍오를 불렀다.
불심을 시험하는 것까진, 뭐 좀 어불성설 같다만 그렇다고 치자. 하지만 언제까지인지, 물과 음식은 어찌 되는지, 구체적으로 무얼 해야 하는지 아무것도 알려주지 않은 채 막무가내로 이러는 것은 좀 너무하는 일이었다.
"사부님! 바위 좀 치워주십시오!"
퍽, 퍽퍽!
굉목이 바위를 치고 움직여보려 애를 썼지만 거대한 바위는 꼼짝도 않았다.
"사부님!"
굉목이 절박하게 그를 부르자 갑자기 바위가 슬쩍 옆으로 밀렸다.
"그래. 내가 깜박했구나."
굉목은 속으로 한숨을 쓸어내렸다.
"사부님! 대체 이러시는 법이 어디…… 읍!"
다시 빼꼼이 모습을 드러낸 홍오는 굉목이 뭐라뭐라 한바탕 쏟아내기 전에 손가락을 퉁겼다.
홍오가 튕겨낸 그것이 굉목의 입 안으로 쏙 들어왔다. 저도 모르게 그것을 꿀꺽 삼킨 굉목이 인상을 쓰며 물었다.
"컥컥. 이, 이게 뭡니까?"

"가둬놓고 보니 이걸 깜박했지 뭐냐. 그럼 하루만 잘 버텨라."

쿵.

"사부님!"

야속하게도 입구는 두 번 다시 열리지 않았다.

"후우."

몇 번 더 홍오를 부르다 포기한 굉목은 동굴 안으로 시선을 돌렸다.

그러다 자지러지게 놀랐다.

"이 무슨!"

동굴 안에는 그만 있는 것이 아니었다.

그림처럼 미동도 없이 앉아 있던 젊은 여승이 그곳에 있었다.

한쪽에 놓인 작게 일렁이는 등유불이 여승의 얼굴에 그림자를 만들고 있었다. 굉목은 그 얼굴에 두려움과 걱정이 한 움큼 서려 있는 것을 보았다.

"아미타불! 스님께서 어쩌다 이런 곳에 계신 것입니까?"

굉목이 합장을 하며 물었다. 여승은 벽 쪽으로 바싹 몸을 기대며 작게 대답했다.

"스승님께서……."

"스승님께서 이곳에 있으라 하셨습니까?"

"예. 이곳에서 제 안에 있을 불심을 꺼내어 찾아보라 하셨습니다."

 여승은 주춤주춤 굉목과 거리를 벌리고 있었다. 그녀가 지닌 두려움의 근원은 바로 굉목이었던 것이다.

 굉목이 저도 모르게 쓴웃음을 지었다.

 "저희 둘 다 같은 처지로군요. 스승님은 어떤 분이십니까?"

 "법명을…… 연화로 쓰십니다."

 아미파의 연화사태는 홍오 못지않은 기이한 성격으로 유명했다. 하나 성격보다도 고강한 무공으로 더 잘 알려져 있었다.

 "혹시 아미파의 분이십니까?"

 여승이 살짝 고개를 끄덕였다.

 "아아, 그렇군요. 저는 소림의 굉목이라고 합니다."

 "예에."

 신분을 밝혔음에도 여승은 경계를 쉬이 풀지 않았다. 작은 숨결에는 떨림이 있었고, 굉목을 회피하는 눈길에는 금방이라도 터져나올 듯한 비명이 숨어 있었다.

 굉목은 구차하게도 이런 말까지 해야 했다.

 "불편한 상황이 되었습니다만, 너무 크게 걱정하지 마시길 바랍니다. 불제자에게 어찌 불심 이외의 다른 마음이 있겠습니까. 스님께는 추호도 해 되는 일을 하지 않을 테니 염려 마십시오."

 여승은 굉목이 자신을 속내를 들여다보자 얼굴을 붉혔다.

 "예, 예에."

여승과 단 둘이 이곳에 밀어넣은 홍오의 의도가 어렴풋이 짐작이 갔다. 그는 분명 불심을 시험한다고 했으니 젊은 굉목이 어찌 나오는지 지켜볼 요량일 것이다.

굉목은 스승에게 새삼 분노를 느꼈다.

장난으로라고 할 일이 있고 못할 일이 있는데 도가 지나쳤다. 아무리 장난기가 심한 홍오라고 해도 이번 일은 젊은 굉목에게 너무 심한 일이었다.

'유감스럽게도 스승님이 틀렸습니다. 저는 그리 호락호락하게 넘어가지 않을 겁니다.'

굉목은 여승과 멀찍이 떨어져서 가부좌를 틀었다. 홍오가 먹인 것이 의심스러웠으나 이곳에서 하루만 있으면 된다 했으니, 어쩔 수 없었다.

따로 물이나 식량 같은 것이 없었으니 더 오래 가둬둘 수도 없는 노릇이다.

'운기조식이나 하자.'

굉목은 시간을 때우는 방법으로 운기조식을 택했다. 그가 따로 무언가를 하고 있다면 그를 불편해하는 여승도 더는 그를 신경 쓰지 않으리라.

"……"

그러나 운기조식을 시작한 지 얼마 되지 않았을 때였다.

굉목은 갑자기 몸이 불편해지는 것을 깨달았다.

"윽?"

어딘가가 이상했다.

운기조식을 하고자 기를 끌어올렸으되 기는 간데없이 몸만 덥혀졌다.

"어디…… 편찮으십니까?"

여승이 걱정스레 물었다.

"아니, 아닙니다. 괜찮습니다."

굉목은 이마에서 흘러나오는 땀을 닦았다. 동굴 안은 으슬으슬 한기가 느껴질 정도였다. 땀을 흘린다는 것은 그의 몸이 확실히 정상이 아니라는 소리였다.

'내가 왜 이러지?'

굉목은 다시 한 번 운기조식을 시도했다.

그러자 몸이 한순간에 불덩이처럼 달아올랐다. 뭔가 잘못됐구나, 싶은 순간 머릿속에서 핑 소리가 들려오는 듯했다.

'내가 왜 이러는 것이지?'

굉목이 어지럼증을 이기지 못하고 몸을 기울였다.

그러자 멀찍이 떨어져 있던 여승이 가까이 다가왔다.

"괜찮으십니까? 갑자기 왜……."

여승이 다가오자 굉목이 훅 하고 숨을 들이켰다.

이전까진 맡지 못했던 새로운 냄새가 동굴 안에서 느껴졌다.

세상에 존재하는 그 무엇보다도 따뜻하며 달콤한 향기. 그것은 다름 아닌 여인의 살내음이었다.

깜짝 놀란 굉목이 여승을 밀쳐냈다.

"가까이 오지 마십시오!"

그러나 그게 실수였다. 덕분에 손끝에 여승의 감촉이 남은 것이다.

"으윽!"

몸 안에서 폭죽이 펑 하고 터진 듯했다.

굉목은 머리가 터질 것처럼 아파오는 것을 느꼈다. 아니, 아픈 것은 머리뿐만이 아니었다. 온몸이 팽창하고 있었다. 특히나 단전 아래에서 느껴지는 뜨거운 것은 굉목에게 끔찍한 충격이었다.

벗어나면 벗어나려 할수록 여승의 살내음은 점점 더 진해져 정신이 다 혼미해질 지경이었다.

"으아악!"

쿵!

굉목은 참지 못하고 머리를 동굴 벽에 박았다. 살갗이 찢어지며 피가 한 줄기 이마를 타고 흘러내렸다.

"왜, 왜 이러시는지요?"

여승이 잔뜩 겁을 먹은 목소리로 물었다.

굉목은 숨을 헐떡였다.

홍오가 먹인 그것.

아무래도 보통의 환단이 아닌 모양이었다.

"춘약……."

굉목의 중얼거림에 여승은 기겁을 한 채 뒤로 물러났다. 저도 모르게 앞섶을 단단히 움켜쥐는 그녀는 흡사 맹수 앞의 사슴처럼 느껴졌다.

굉목이 숨을 헐떡이며 말했다.

"제게 가까이 오지 마십시오. 무슨 일이 있더라도…… 하아 하아…… 절대 아무 짓도…… 흐윽!"

홍오가 깜박 잊었다며 입 안에 던져 넣은 그것은 굉목의 짐작대로 춘약이 맞았다.

단지 그 춘약이 일반 춘약이 아니라는 것이 문제였다. 무려 당가의 비전이 고스란히 전해진 것으로 굉목의 정순한 내공과 부동심으로도 이겨낼 수가 없는 것이었다.

굉목이 동굴의 입구 쪽으로 비틀대며 걸음을 옮겼다.

이곳에서 나가야 했다. 지금 몸 안에서 느껴지는 기운은 상상 이상이었다. 자신이 완전히 제 자신을 잃기 전에 이곳에서 나가야 했다.

"으으……."

굉목은 장을 날리기 위해 양손을 앞으로 내밀었다. 그러나 장력은 발출되지 않았다. 공력을 조금도 끌어올릴 수 없었다. 절망한 굉목은 맨 주먹으로 입구를 틀어막은 바위를 내리쳤다.

퍽퍽!

그나마 힘을 제대로 쓸 수 없다는 게 다행이었다. 만일 제 힘대로 주먹을 휘두를 수 있었다면 손가락뼈가 다 부서졌을 것이다.

굉목은 피투성이 주먹을 휘두르다 더는 견디지 못하고 바닥으로 쓰러졌다.
 "으으윽!"
 굉목이 양손으로 머리를 감싸쥐었다. 양팔이 바들바들 떨리고 있었다.
 그는 어금니가 깨질 정도로 이를 악물었다.
 '절대, 절대 사부의 농간에 넘어가지 않겠다! 내가 죽더라도!'
 지옥 같은 시간이 흘러갔다.
 언제나 한결같이 흐르는 시간이 갑자기 느리게 흐르는 것처럼 느껴졌다.
 "크으윽!"
 고통을 참지 못한 굉목은 몇 번을 혼절했다 다시 깨어났다.
 비몽사몽간에 동굴 벽을 긁어 댔는지 손톱이 온통 깨지고 피가 흘렀다.
 고통도 고통이지만 죽는 한이 있어도 색계를 범할 수는 없다. 사부의 의도대로 놀아날 순 없다. 그것이 굉목의 마지막 의지였다.
 "크악!"
 굉목은 자지러지듯 몸을 비틀었다. 몸 안에 뱀 떼가 기어다니는 것 같았다.
 부풀대로 부푼 혈관이 꿈틀대며 피부 위로 불거져 나왔다.

피부가 찢겨 시뻘건 피가 맺히고 근육이 찢어 발겨지는 듯 통증이 치솟았다.

굉목은 더는 앉아 있을 수도 없었다.

"으아아아아!"

굉목은 온 힘을 다해 동굴 벽에 머리를 박아 댔다.

"내 차라리 죽고 말리라!"

쿵! 쿵!

찢긴 이마에서 흐르는 피가 눈으로 흘러들었다.

"스님!"

꿈결처럼 여승의 목소리가 들려왔다.

굉목은 그 와중에도 그녀를 멀리해야 한다는 생각에 목청이 터져라 외쳤다.

"저, 저리 가! 가까이 오지 마시………으윽!"

피투성이가 된 채 몸부림치는 굉목을 보며 여승이 조용히 곁으로 다가왔다.

"저리 가시오!"

그녀가 떨리는 목소리로 물었다.

"왜 자해를 하시나요?"

굉목은 하마터면 화가 날 뻔했다.

"다, 당신이 곁으로 오면 더 고통스러우니 제발 멀리 떨어지시오!"

"스님…… 그러다가 잘못되시기라도 하면……."

대체 이 바보 같은 여승은 왜 굉목이 이러는지도 모르는 것일까?

"커억!"

굉목은 피까지 토했다. 피부가 갈라지고 터져 전신은 이미 피로 범벅이 되어 있었다.

"차라리, 차라리 죽겠소. 이깟 춘약에 굴복하려 그대를 범하느니, 색계를 어겨 파계 당하느니 차라리 스스로 목숨을 끊어 죽겠소!"

굉목은 연이어 머리를 벽에 부딪치며 짓이겼다. 그러나 질긴 목숨은 쉽사리 끊이지 않았다.

굉목은 너무 세게 부딪쳐 뒤로 튕겨나갔다. 그러나 이내 다시 일어나 머리를 박아 댔다. 간지러워 미칠 것 같아 살을 쥐어뜯고 입술을 깨물었다.

굉목이 머리를 부딪치고 몸을 뜯는 것을 지켜보며 여승은 자그맣게 떨리는 목소리로 말했다.

"스, 스님. 그리도 고통이 심하시다면······."

"그만! 그만!"

굉목의 머리에서 흐르는 피가 뺨을 흘러 턱을 타고 뚝뚝 떨어졌다. 이마가 깨져 피가 줄줄 흐른다.

그래서였을까. 조금은 머리가 개운해졌다.

"그만하시오. 내가 지금 죽지 않는다면 그대는 필히 돌이킬 수 없는 변을 당하고 말 것이오."

굉목의 과거

"하지만 사내가 춘약을 먹고 약기운을 풀지 않으면 반드시 죽는다 들었습니다."

마지막 이성의 끈을 붙들고 굉목이 다가오려는 여승을 제지했다.

"그러니까 어차피 죽는 것은 마찬가지. 지금 죽겠다는 것이오."

여승이 언성을 높였다. 무서워하고 두려움에 떨던 모습에서 벗어나 애절하게 외쳤다.

"어찌 귀한 목숨을 함부로 버리려 하십니까!"

다시금 온몸을 쥐어짜는 고통이 찾아온다.

굉목은 머리카락도 없는 민머리를 쥐어뜯으며 소리를 질렀다.

"나는, 나는 짐승이 아니오! 그대와 나는 불제자…… 색을 멀리해야 할 불제자이지 않소!"

"불법과 불심이 사람의 목숨보다 중하진 않습니다!"

"그럼 그대는 생전 처음 보는 나를 위해 몸을 바치겠다는 것이오?"

"저, 저는 두렵습니다. 두렵지만…… 스님을 이대로 방관할 수도 없습니다."

조금씩 이성이 흔들리고 있었다.

굉목이 돌연 사납게 여승의 양어깨를 붙들었다.

굉목은 이글거리는 붉은 눈으로 여승을 노려보았다.

"오호라! 이제 보니 사실은 그대가 즐기고 싶은 거였나? 그게 그렇게 소원인가? 비구니 주제에 그래도 여자라고! 남은 고통스러워 죽겠는데 그걸 빌미로 남자와 하룻밤 즐겨보겠다는 거야, 뭐야!"

이성이 사라져가고 있는 굉목의 입에서는 듣기에도 거북한 험한 말들이 튀어나왔다.

"스, 스님 전…… 악!"

굉목의 손에 너무 힘이 들어가 여승이 비명을 질렀다.

그 외침이 흔들리는 굉목의 이성을 잠시 붙들었다.

"아……."

굉목은 화들짝 놀라 손을 떼었다.

"내, 내가 무슨…… 으아아아!"

핏 핏.

이제 고통은 더 이상 참을 수 없는 지경에까지 이르렀다. 굉목의 팔뚝과 등에서 불거진 핏줄이 터지며 가는 핏줄기가 새었다.

잠시 바스락대는 소리가 들려왔다.

굉목은 정신이 흐릿한 와중에서도 여승의 살내음이 한층 더 진해진 것을 느꼈다.

불안한 기분이 들었다.

'안 돼…… 안 돼!'

안 된다는 말을 해야겠다고 생각하는 순간, 여승이 그의 피투성이 손을 가만히 잡아 이끌었다.

"이게 무슨 짓이오!"

굉목은 소스라치게 놀랐다.

부드러운 것이 자신의 손에 닿아 있었다.

굉목은 불에 데인 것처럼 화들짝 놀라 손을 떼려 했다. 아니, 떼야 한다고 생각했다. 그러나 순식간에 정신이 아득해졌다. 굉목은 그야말로 꼼짝도 할 수가 없었다.

손끝에서 느껴지는 포근한 감촉.

"사셔야 합니다."

"노, 놓으시오!"

여승이 굉목의 머리를 감싸 안았다.

굉목은 저항도 하지 못했다. 혈관이 터져 피가 흐르는 머리가 여승의 포근한 가슴에 파묻혔다.

"제, 제발……"

굉목은 애원했다. 손이 으스러져라 주먹을 쥐었다. 그러나 도저히 여승에게서 빠져나갈 수가 없었다.

"이러면 정말로 나는, 나도 어쩔 수가……"

굉목이 온 힘을 짜내어 발버둥을 쳤지만 그럴수록 여승은 굉목을 더 꼭 끌어안았다.

그러고는 어린아이를 달래듯 굉목의 귓가에 속삭였다.

"저는…… 처녀의 몸이 아닙니다. 스승님을 만나기 이전, 불문에 귀의하기 전에는 기방에서 수많은 남자들이 거쳐간 몸입니다. 스님 한 분 더 거쳐간다고 해서 달라질 것은 없습니다. 괜찮습니다."

그 순간 마지막까지 이성의 끈을 놓지 않으려던 굉목의 처절한 발버둥은 멈추었다.

'그래! 내가 왜 죽어야 해? 어차피 그렇고 그런 여자인데 내가 왜 이런 여자를 위해 죽어야 해!'

팔다리를 끊는 것도 아니고 남들이 다 그러하듯 그저 육체관계 한 번을 맺는 것뿐이잖은가. 이미 이 여자는 처녀도 아니고 수많은 남자들과 관계를 맺은 창부였지 않은가.

그런 것을 생명과 좀 맞바꾼들 뭐 어떻단 말인가! 조금의 흔적도 남지 않을 텐데.

곧 굉목의 눈이 사나운 야수처럼 돌변했다.

"으아아아악!"

굉목은 쉬어터진 목으로 비명을 토해냈다. 다음 순간 그는 여승의 알몸을 끌어안고 있었다.

"……아!"

힘겹게 참았다가 내뱉는 여승의 신음소리가 굉목의 본능을 더욱 불태웠다.

"자, 잠깐만……."

"괜찮다고 한 건 내가 아니고 너잖아!"

굉목은 난폭하게 여승을 안고 바닥을 뒹굴었다. 그는 더 이상 불제자가 아니라 욕구를 주체하지 못하는 한 남자에 불과할 뿐이었다.

하지만 잘 되지 않았다. 여자 경험이 없던 굉목은 한참이나 버둥거리다가 겨우 여승을 품을 수 있었다. 뜨거운 쾌락이 전신을 타고 흘렀다.

한차례 고비를 넘겼음에도 굉목은 쉬지 않고 여승을 범했다. 얼마나 시간이 흘렀는지도 알지 못하고 몇 번이나 거듭 여승을 안았다.

마치 그간 승려로서 살아온 삶을 모두 내던지듯, 그렇게 굉목은 마지막 남은 한 줌의 힘까지 모두 짜내어 여승을 안았다.

…….

"으음……."

굉목이 정신을 차린 것은 시간이 한참이나 흐른 뒤였다. 아마도 하루 정도는 충분히 지났으리라.

나른했던 몸에 차츰 기운이 돌기 시작했다. 머릿속도 맑아졌지만 어느 한 구석은 아직도 안개가 낀 듯 몽롱했다.

고통은 사라졌다.

굉목은 퍼뜩 정신이 들었다.

"아앗!"

굉목이 서둘러 몸을 일으켰다.

위아래로 몸을 살피는 순간 걸레 같은 옷가지 사이로 수많은 상처들이 눈에 들어왔다. 그의 몸 여기저기에 말라붙은 핏자국이 그간의 일이 꿈이 아님을 알게 해주었다.

"이, 이런!"

굉목이 황급히 눈을 돌리자 동굴 저 구석진 곳에 얌전히 앉아 있는 여승이 보였다.

언제 무슨 일이 있었냐는 듯 처음 본 때 그대로 정갈하게 승복을 차려입고 앉아 있었다. 한 점 흐트러짐 없는 모습이었다.

그녀가 평온한 음성으로 물었다.

"깨어나셨군요. 몸은 괜찮으신지요?"

"괘, 괜찮소."

굉목은 무안한 안색을 애써 감추려 고개를 돌렸다.

지난 밤 정신은 혼미했으나 기억은 또렷했다.

결국 그는 여인을 범했고 파계했다.

굉목은 힘껏 주먹으로 땅을 쳤다.

퍽!

피부가 짓이겨져 주먹에서 피가 흘렀다.

"사부가 내게, 내게 왜 이런 짓을!"

퍽퍽!

몇 번이나 주먹을 내리쳤지만 아픈 것은 자신의 손뿐이었다.

'아아! 이제 난 끝났구나.'

굉목은 망연자실했다. 청운의 큰 뜻을 품고 들어온 소림사였다. 그러나 이제는 그 소림사에서 뭔가를 이뤄보지도 못하고 쫓겨나게 생겼다.

그냥 쫓겨나면 다행이겠으나, 단근절맥은 물론이고 거세형까지 당할지도 모른다. 죽을 때까지 참회동에 갇혀 살아야 할지도 모른다.

"내가 왜…… 왜 이런 꼴이 되어야 해."

너무도 억울했다.

굉목은 아랫입술을 깨물고 여승 쪽을 보았다. 여승은 미동도 없이 처음 자세 그대로 고아하게 앉아 있을 뿐이었다.

조금.

여승에게는 아주 조금 미안했다.

굉목은 별로 내키지도 않았지만 사과를 해야겠다는 생각이 들었다.

"어제 일은 미안하게 됐소. 하지만 내가 원한 일은 아니었으니 이해해주기 바라오."

스스로 생각하기에도 딱딱하고 무례한 언사였으나 굉목은 자신의 일을 생각하기에도 바빠 여승을 챙길 마음의 여유가 없었다.

뚝.

굉목이 흠칫했다.

여승의 얼굴에서 눈물이 흐르고 있었다.

"뭐, 뭐요. 왜 우는 거요? 그대도 괜찮다고 하지 않았소. 내 그대가 그런 말만 하지 않았어도……."

여승이 눈물을 닦으며 웃어보였다. 그러나 누가 보기에도 억지웃음이라는 것이 뻔히 보였다.

당황한 굉목이 인상을 쓰며 여승을 다그쳤다.

"아니? 이것 보시오. 어차피 그대는 남자를 상대하던 기녀가 아니오. 그런데 이제 와서 순진한 여염집 처녀라도 되는 양 그러면 내 꼴이 뭐가 되겠소?"

여승의 눈에서 다시 눈물이 와락 쏟아졌다. 여승은 승복 소매로 눈물을 닦으며 또 웃었다.

"예. 전 괜찮습니다. 전 아무렇지 않아요. 스님께서 이렇게 멀쩡하신 것만으로도 전…… 저는……."

여승은 목이 메어 제대로 말끝을 잇지 못하고 있었다. 그럼에도 불구하고 굉목을 안심시키고 다독인다.

다행이라고 생각하면서도 굉목은 뭔지 모를 찜찜함을 느꼈다.

문득.

굉목은 심장이 내려앉는 듯했다.

그다지 기억하고 싶지 않았던 지난 밤 일 중 한 부분이 너무나도 소름이 끼칠 정도로 극명하게 떠올랐다.

아무리 여자 경험이 없다 하더라도 여승을 품기까지 너무 힘이 들었던 것이다.

게다가 아무리 좋게 생각해도 상대는 기녀였다. 남자를 잘 아는 기녀가 굉목을 제대로 받아들이지 못했다는 것도 말이 되지 않았다.

굉목은 침을 꿀꺽 삼키며 의혹과 걱정이 가득한 눈으로 여승을 쳐다보았다. 고개를 살짝 떨군 채 얼굴을 보이지 않는 여승의 얼굴에 희미한 등불의 그림자가 어른거렸다.

미미하게 어깨가 떨린다.

'남자 한 명 더 받는 것이 아무것도 아니라면서 왜…….'

믿을 수가 없었다.

"이, 이보시오. 당신 설마 내게 거짓말을 한 것이오?"

여승이 고개를 들었다. 눈물 젖은 슬픈 눈으로 굉목을 빤히 바라보는 그 모습에 굉목은 하늘이 무너지는 듯했다.

"거짓말…… 거짓말! 그럴 리가 없어!"

굉목은 정말로 고통스러웠다. 몸이 아니라 마음이 갈갈이 찢기는 것 같았다.

굉목이 벌떡 일어나 소리를 질렀다.

"왜 내게 거짓말을 했소. 왜!"

여승이 조금은 차분해진 목소리로 대답했다.

"스님. 이미 지난 일입니다. 더 이상 신경 쓰실 필요 없습니다."

굉목은 미칠 지경이었다.

거짓말이었다.

여승은 기녀도 아니었고 창부도 아니었다.

그가 기억하는 한, 여승은 분명 처녀의 몸이었다.

굉목이 절규했다.

"왜 스스로 기녀라고 거짓말을 한 거요! 왜 그렇게까지 하면서까지 날 살리려고 한 거요!"

"제 부질없는 몸뚱이가 어찌 스님의 목숨보다 더 중요할 수가 있겠습니까. 부디…… 죄책감을 갖지 마십시오. 스님께서 사신 것만으로 전 족합니다."

"아아…… 아아아!"

그러나 심한 죄책감이 날카로운 송곳처럼 굉목의 심장을 후벼팠다.

자신을 살리려 스스로를 기녀라 말하고 희생한 여인을, 자신은 우습게 여겼다.

결국 자신을 살린 여인이었다.

설사 그녀가 과거에 기녀였다 하더라도 자신을 살린 사람이었다. 그런데 자신은 무엇이 그리도 잘나서 그녀처럼 소중한 마음을 가진 사람을 무시하고 깔보았는가.

"아아! 아아아아!"

굉목은 순간 한없이 자기 자신이 초라하고 부끄럽게 여겨졌다.

육욕의 포로가 되었다 하더라도, 자신을 살려준 이를 이렇게 대해서는 아니 되었다. 스스로 불제자라 하면서도 직업이 천하다 하여 하염없이 오만하고 거만한 생각을 품었다.

"내 살아서 무엇하리!"

굉목은 내공을 끌어올렸다. 자신의 손으로 자신의 천령개를 내려쳐 죽을 작정이었다.

눈앞에 있는 여승을, 세상 사람들을 볼 면목이 없었다.

그러나 여승이 굉목의 팔을 양손으로 붙들었다.

"스님!"

굉목은 소름 끼치는 죄책감에 팔다리를 덜덜 떨었다. 몸까지 떨려왔다.

"스님."

여승이 다시 그를 불렀다. 굉목은 피를 토하는 심정으로 그녀를 보았다.

어느새 그는 울고 있었다.

굉목의 팔에 매달린 그녀의 얼굴에도 눈물이 흐르고 있었다. 긴 속눈썹이 떨리고 눈동자는 흔들린다.

"한낱 껍데기에 불과한 몸, 언젠가 한 줌 재가 될 몸에 왜 그리 미련을 가지십니까. 스님이 제 몸을 범하셨다 하더라도…… 그래서 제 몸에 상처가 남았다 하더라도, 제 불심과 법신(法身)은 조금도 변하지 않았습니다."

그러나 눈물은 계속해서 흘러내린다. 여승이 울먹이면서 말한다.

"아무짝에도 쓸모가 없는 제 몸을 통해 한 사람의 목숨을 구하였습니다. 전 그것이면 충분한데 스님께서는 무엇을 더 바라십니까."

괴로울 터다. 생전 처음 본 남자에게 겁간을 당하였으니 괴롭고도 고통스러워 죽고 싶을 터다.

그럼에도 불구하고 그녀는 웃고 있었다.

울고 있지만 웃는다. 우는 것은 자신을 위해서였고, 웃는 것은 굉목을 위해서였다.

눈물 짓고 있는 여승의 미소에서 굉목은 부처를 보았다.

온 세상 사람들의 번뇌를 누그러뜨리는 부처의 아름다운 미소였다.

굉목의 눈에도 눈물이 고였다.

털퍼덕.

굉목은 그녀의 앞에 무릎을 꿇고 엎드렸다. 고개를 조아리고 울었다. 울고 또 울었다.

이렇게 착한 사람을 짐승처럼 범한 자신이 미웠다. 이렇게 부처의 미소를 지을 수 있는 이를 범하도록 만든 홍오가 미웠다.

자신의 목숨을 살려준 그녀가 고마웠다. 스스로도 힘들 터인데 오히려 자신을 위로해주는 그녀에게 너무도 미안했다.

굉목은 오열했다.

"미안합니다. 정말 너무나 미안해요."

바닥에 엎드려 여승을 향해 몇 번이고 사과하며 아이처럼 울었다.

그의 손을 여승이 따스한 손으로 잡아주었다.

둘은 서로 손을 붙들고 엉엉 울었다.

사부들의 못된 장난이 두 사람에게는 씻을 수 없는 상처를 안겨주었다.

그로부터 하루 반나절을 더 두 사람은 동굴 안에서 기다려야 했다. 그 후로 육체적 접촉은 없었지만 그러지 않아도 두 사람은 마치 부부처럼, 혹은 절실한 연인처럼 서로를 이해하고 아끼며 시간을 보냈다.

홍오가 동굴의 입구를 다시 열 때까지, 여승이 그를 뒤로한 채 자그마한 발자국 소리와 함께 사라질 때까지…… 굉목은 그녀가 보여준 미소를 평생 동안 가슴 속에 파서 새기리라 다짐했다.

다시는 그녀를 볼 수 없을 거라는 걸 알고 있었기에…….

"하아……."

굉목이 이야기를 마치자 문원은 자신도 모르게 한숨을 내뱉었다.

굉목은 문원의 한숨 소리를 들으며 천천히 승복의 소매를 걷어올렸다.

팔뚝에 혈관을 따라 어깨까지 길게 찢어진 흉터가 나 있다. 오래되어 희미하지만 분명한 흉터다.

굉목은 앞섶을 열어 가슴을 드러냈다.

목에서부터 가슴, 옆구리까지 거미줄처럼 이어진 자국이 있다. 옆구리 쪽은 바늘로 수십 번을 찌른 듯한 흉터가 있어 징그럽기까지 하다.

"보이십니까? 이것이 그때 생긴 상처입니다. 핏줄이 터지고 근육이 찢긴 상처지요."
 참으려고 엄청난 노력을 기울였던 것은 틀림없다. 그러나…….
 결국 굉목은 춘약을 이겨내지 못했을 뿐이다.
 굉목이 옷매무새를 다시 가다듬었다.
 문원의 눈에 어스름히 물기가 어렸다.
 "고통스러웠겠구나…… 힘들었겠구나……."
 얼마나 힘들었을까.
 온몸이 갈기갈기 찢겨나가는 고통을 참느라.
 얼마나 힘겨웠을까.
 그 수많은 세월, 마음에 한을 품고 살아왔으니.
 남들하고 어울리지 못하고 홀로 살아온 수십 년의 생활…… 누구에게 말할 수도, 도움을 요청할 수도 없이 혼자서만 감당해야 했던 길고 긴 날들.
 문원은 눈물을 흘렸다.
 굉목에게 보이지 않으려 돌아선 채 뒷짐을 지고 하염없이 눈물을 흘렸다.
 수십 년간 은노로 남들과 어울리지 못하고 살아야 했던 자신의 삶과 굉목의 삶은 많이도 닮았다.
 그 서러움과 외로움은 충분히 굉목을 이해할 수 있게 만들었다.
 무겁다.

혼자만이 짊어진 마음의 짐이란 너무도 무겁다.

그것을 알기에 문원은 눈물을 흘릴 수밖에 없었다.

"너는…… 너는…… 그래서 그렇게 홍오를 미워했구나. 미워할 수밖에 없었구나."

그리고 더 무슨 말을 하려 했는지 문원은 기억하지 못했다. 말이 입가에서만 맴돌 뿐이다.

굉목은 천천히 몸을 일으켰다.

이내 옷매무새를 가다듬은 굉목이 조용히 말했다.

"당가의 춘약을 벗어날 수 있는 방법은 없습니다. 건이를…… 당가에 데려다주십시오……."

굉목의 말대로다.

춘약에 당한 장건을 소림에서 해결할 방법은 이제 없다.

"알겠네."

문원은 뒤돌아보지 않고 그대로 산을 내려갔다.

"운려……."

뒷짐을 지고 하염없이 밤하늘을 바라보던 굉목의 입에서 작은 한 마디가 새어나왔다.

처연한 산중의 밤은…… 세상에 잊혀진 한 사람과 세상을 잊으려는 한 사람을 두고 조용히 흘렀다.

제4장

시큼떨떠름한 밤

"끄응…… 끙."

소왕무와 대팔은 연신 신음을 흘려 대는 장건을 보면서 안절부절못하고 있었다.

장건의 얼굴과 목, 드러난 팔뚝에는 핏줄이 도드라져 지렁이처럼 꿈틀거렸다.

가만히 보고 있기만 해도 끔찍하다.

"그 불목하니 영감탱이는 왜 안 오는 거야? 금세 온다고 하더니!"

"야, 이러다가 건이 죽는 거 아냐? 쌍, 건이 죽으면 우리 탓인데."

"왜 그게 우리 탓이야? 여자 소개시켜준다고 홀딱 넘어간 네놈 탓이지."

둘이 설전을 벌이고 있는 동안에도 장건의 신음소리는 계속해서 흘러나오고, 핏줄은 터질 듯 부풀어오른다. 살갗이 갈라지면서 은은한 핏빛이 비치기도 한다.

바지는 아까부터 팽팽하다. 폭을 넓게 만들어 행동하기 편하게 만든 무복인데도 옷을 뚫고 튀어나올 듯하다.

대팔이 침을 꼴깍 삼키며 물었다.

"춘약 먹고 여자랑 안 하면 거시기 터지냐?"

"안 먹어봐서 몰라, 임마."

"아무리 춘약을 먹었대도 이거 너무 커진 거 아냐?"

"지난번에 목욕할 때 보니까 원래 이만 했어."

"좋겠다. 무공도 세지, 여자도 많지, 집도 부자야. 게다가 왕 거시기까지……."

잠깐 부러워하던 대팔이 다시 물었다.

"고수가 되면 거시기도 커지냐?"

대팔의 말에 소왕무는 버럭 화를 냈다.

"그걸 내가 어떻게 알아, 임마! 지금 니가 그런 생각 할 때야?"

"알았어, 알았다고."

대팔은 쩝 소리를 내며 입을 다물었다.

장건의 고통스러워하는 모습을 보니 부러웠던 마음도 사라지는 기분이었다.

억지로 혼혈을 짚어 잠이 들게 했으니 망정이지, 그러지 않았다면 고통에 마구 비명을 질렀을지도 몰랐다.

장건의 온몸은 이미 땀으로 흠뻑 젖었다.

"젠장."

소왕무가 뭔가를 결심했는지 이를 꾹 물었다.

"이젠 어쩔 수 없어."

"야야, 어쩌려고!"

"누구라도 불러와야 할 거 아냐. 의원이든 누구든."

"그랬다가 우리가 먹인 약 때문이라는 걸 알게 되면……."

"이 머저리 같은 놈아, 지금 그게 문제야? 마냥 그 처음 본 영감탱이만 기다리고 있다가는 건이가 죽어. 그럼 우리는 괜찮을 거 같냐?"

대팔도 소왕무의 그 말에는 대답할 수 없었다.

"내가 밖에 나가서 사람을 불러올 테니까, 넌 건이 땀이라도 좀 닦아주고 있어."

"아, 알았어."

소왕무가 속가 제자 숙소를 달려 나가자 대팔도 장건의 땀을 닦아줄 수건을 찾기 시작했다.

"야, 건이야. 조금만 참아. 너 살아나면 내가 나중에 진짜 맛있는 것도 사주고 여자도…… 에이 씨벌, 내가 뭔 소리를 하는 거냐."

곧 대팔도 수건을 들고 가까운 우물을 찾아 뛰어나갔다.

홀로 남겨진 장건은 자신에게 무슨 일이 벌어졌는지도 알지 못하고 홀로 고통스러운 신음을 내뱉었다.

"하아……."

장건의 숨은 손이 닿으면 데일 듯 뜨거웠다. 그만큼 몸도 뜨겁기 그지없었다.

질끈 감고 있는 장건의 눈꺼풀 안에서 빠르게 눈동자가 움직였다. 몽롱한 의식…… 꿈이라고 불러야 할지 환상이라고 불러야 할지 모르는 미묘한 경계선상에 있는 그곳에서 장건은 누군가를 보고 있었다.

―까르륵.
―거기서 뭐 해? 이리 좀 와.
―우리랑 같이 놀자.

사람의 목소리 같지 않은 느낌이 드는 아리따운 목소리가 사방에서 들려왔다.

몇 명의 여자들이 장건을 둘러싸고 장난치듯 빙글빙글 주위를 돌고 있었다. 하늘거리는 날개옷은 너무 투명해서 걸친 것처럼 보이지도 않는다.

―아이, 뭐 해. 이쪽으로 오라니까?

장건은 민망함에 고개도 제대로 들지 못했다. 그런데 그 여자들이 마치 오래전에 어디선가 본 듯한 얼굴들이라는 걸 깨달았다.
 누구였더라?
 잠깐 생각하던 장건은 곧 그녀들을 기억해냈다. 언젠가 대팔이 보여준 춘화도에 그려진 여자들이었다.
 용기를 내어 고개를 들고 보니 살아 있는 사람이 아니라 그림이었다. 그림에도 살아 있는 사람처럼 느껴지는 것이 참으로 기묘했다.
 ―까르륵. 부끄러워하지 마. 너도 이쪽으로 오렴.
 한 여인이 가슴을 몽땅 드러내고 장건을 유혹했다. 과장된 그림이어서 그랬는지 가슴이 호박만 했다.
 ―같이 숨바꼭질도 하고 술래잡기도 하고 놀자아.
 장건의 얼굴이 화끈 달아올랐다.
 나도 모르겠다. 어차피 그림의 여자들인데 뭐 어때?
 장건이 막 한 명의 손을 잡으려는 찰나였다.
 ―그 손 놓지 못해?
 장건은 기겁을 해서 뒤로 물러났다.
 언제 나타났는지 제갈영이 옆쪽에 서 있었다.
 어, 영아야.
 제갈영이 울어 댔다.
 ―훌쩍훌쩍. 왜 서방님은 날 두고 바람을 피는 거야?
 아니, 그게 아니고 난……
 그때 남궁지가 나타났다. 그림 속의 여자들보다도 훨씬 인형 같은 남궁지가 빨려들 듯한 눈빛으로 장건을 힐난했다.
―그래. 넌 이럴 필요가 없어. 내가 말했잖아. 네가 원하면 누구라도 네 앞에서…….

꿀꺽.

―……벗을 거라고.

그 순간 제갈영과 남궁지의 옷이 사라졌다. 전라의 몸이 된 것은 그 둘만이 아니었다.

당예, 그리고 장건은 잘 모르는 양소은까지도 옷을 홀딱 벗고 장건을 향해 다가왔다.

생생한 소녀들의 나체에 장건은 현기증이 났다. 장건은 주춤 물러서며 손을 내저었다.

미안해. 일부러 보려고 한 건 아니었는데…… 정말 미안해요.

물컹.

뒤로 물러나던 장건의 등에 부드러운 것이 닿았다.

어?

―어딜 달아나지? 이 색마.

장건은 숨이 가빠졌다. 아니, 제대로 숨을 쉴 수가 없을 정도로 얼굴이 확 벌게졌다.

제갈영은 통통하니 귀여웠다. 당예는 조각처럼 예쁜 몸매를 가졌지만 너무 비례가 좋아서 오히려 눈에 띄지 않았다.

남궁지라는 작은 소녀는 인형 같은 외모에 비교적 덜 성숙해 곡선이 완만한 아이 같은 몸임에도 가슴이 너무 컸다. 양소은은 전장터에서 활보하는 여걸(女傑)처럼 근육질의 멋진 몸매를 가졌지만 장건은 오히려 무섭다는 생각이 들었다.

그러나 눈앞에 있는 여자는 그녀들의 모든 장점을 다 한데 합쳐놓은 듯했다. 단점이라고는 조금도 찾아볼 수 없었다.

풍만한 가슴, 잘록한 허리, 낭창거리는 버드나무 가지처럼 급격한 곡선을 그리는 몸매. 새하얗게 빛이 나는 피부. 인간이 아니라 정말로 선녀 같았다.

그 백리연이 옆구리에 손을 얹고 장건에게 성큼 다가왔다.

—넌 나를 사람들 앞에서 때려놓고서 이젠 벗은 몸까지 훔쳐보았어. 난 이제 끝장이야. 어떤 남자도 나와 혼인하지 않을 거라고!

엉거주춤하고 있던 장건은 백리연의 탐스러운 가슴에 묻혔다가 튕겨나갔다.

으악!

장건은 엉덩방아를 찧었다.

훔쳐본 건 정말 미안……요. 하지만 잘못을 한 건 그쪽이 먼저…….

—그래서 때렸으면 됐지, 앞으로 난 시집을 어떻게 가라고 이런 짓을 했느냔 말이야! 니가 책임질 거야? 응? 니가 책임질 거냐고!

그러자 사방에서 소녀들이 몰려왔다.

—서방님! 나 두고 바람 피면 죽일 거야.

―니가 원하면 벗는다니까?

―야, 꼬마야. 너 옷 좀 벗어봐. 너도 봤으니 우리도 좀 보자.

―책임 못 질 거면 그냥 죽어 버려. 내 손에 죽든지 네가 알아서 자결하든지.

으아아! 제발!

장건은 몸으로 덮쳐오는 소녀들의 행동에 옴짝달싹도 못하고 그대로 깔렸다. 바로 눈앞에서 흔들리는 가슴이 누구의 것인지 팔에 닿은 엉덩이가 누구의 것인지도 알 수 없었다.

읍읍!

반항할 수가 없었다. 숨을 쉴 수가 없어서 머리가 어지럽고, 마구 깔아뭉개는 소녀들의 몸짓에 온몸은 찢길 듯 아파왔다.

그러면서도 짜릿했다.

무공을 배울 때 막혔던 부분이 풀리던 것과는 전혀 다른 달콤한 쾌감이었다.

굳이 비교하자면 춘화도를 처음 볼 때의 느낌과 거의 흡사했다.

어떻게 전신이 찢기는 고통 속에서도 몸이 구름에 떠 있는 듯 노곤하고 달아오르는지 이해할 수가 없었다. 말로는 형언할 수 없는 뜨겁고 기분 좋은 것이 몸속에서 바글바글 끓고 있는 것 같았다.

아…….

기분이 너무 이상했다.

상반된 감정이 동시에 느껴지는 이 기괴한 상황을 어떻게 받아들여야 할까?

문득, 장건은 자기 몸이 뜨거워지고 있다는 걸 깨달았다. 맞닿은 살들이 불로 지지는 것처럼 뜨거웠다. 그 원인이 자신의 몸에서 나오는 열 때문이라는 걸 알았다.

기분이 좋은 거야 좋은 거고, 아픈 건 아픈 거다.

그러나 몸이 뜨거워지고 있다는 건 장건의 경험상 그렇게 좋은 일이 아니었다.

열이 난다는 것은 몸이 감당할 수 없는 지나친 양기를 몸 밖으로 내보낸다는 뜻이었다.

아? 이 아까운 양기가 왜 밖으로 새어나가지?

장건은 지금 자신이 벌거벗은 다섯 명의 아리따운 소녀에게 깔려 있다는 것도 잠시 잊고 몸 안을 살폈다.

응? 이게 뭐야?

시커먼 덩어리 하나가 거머리처럼 단전 아래에 찰싹 달라붙어 있었다. 그것이 장건의 양기를 활발하게 만든 원인이었다.

덩어리가 들썩일 때마다 장건의 몸 곳곳에서 양기가 화산처럼 일었다. 장건 스스로 양기와 음기를 조화롭게 조절하려 해도 덩어리가 자꾸만 방해를 하고 있었다.

덩어리가 양기를 발산하는 것이 아니라 양기가 발산되도록 괴상한 짓을 하는 모양이었다.

언제 이런 게 들어와 있었지?

왜 이건 소화가 안 되고 쓸데없이 양기를 낭비하게 하는 거야?

아무리 사소한 것까지 아끼는 장건이지만 이런 무작정한 과소비를 일으키는 원인까지 내버려둘 수는 없었다.

이러다간 단전이 엉망이 되겠어.

독정과 대환단, 장건이 쌓은 스스로의 내기는 극히 섬세한 조화를 이루고 있었다. 한데 이 덩어리 때문에 음양의 조화가 뭉개져서 위험하다는 걸 장건도 본능적으로 깨달았다.

장건은 내기를 일으켜서 덩어리를 꼼짝 못하게 감쌌다. 힘들고 고통스러운 작업이었지만 겨우 덩어리를 내공으로 둘러쌀 수 있었다.

그러나 덩어리는 아랑곳 않고 계속해서 장건의 양기를 활동적으로 만들고 있다. 통증만 겨우 조금 줄었을 뿐이었다.

가만있자. 이걸 어떻게 내보낸다?

장건이 방법을 떠올리기도 전에 다시 벌거벗은 다섯 소녀의 공습이 시작되었다.

읍읍! 좀 가만있어 봐요. 자, 잠깐만! 나 이것 좀 하구요!

장건이 힘껏 외쳤으나 목소리는 목에서만 맴돌 뿐, 밖으로는 튀어나가지 않았다.

답답하고 다급해진 장건이 팔다리를 버둥거리려 했지만 쓸모없는 짓이었다. 팔다리도 움직이지 않는다.

몸이 원하는 대로 되지 않는 것이다.

―자, 이제 너도 벗어. 그래야 공평하지.

양소은이 우악스럽게 장건의 바지춤을 움켜쥐었다.

꿈틀.

자, 자, 잠깐만!

장건은 부끄러운 한편으로 기대감이 드는 자신이 이상했다. 그러나 절대로 이것은 그가 원하지 않는 것이었다.

제발 그러지 말아요―!

―우리도 다 벗고 있으니 너도 벗어야 공평한 거야.

양소은은 장건의 들리지도 않는 외침 따위 가볍게 무시하고는 거칠게 장건의 바지를 끌어내렸다.

우아아아악!

장건은 나오지도 않는 목소리로 자지러지게 비명을 질렀다.

여자 앞에서 벗은 몸을 보인다는 게 이렇게나 부끄럽다는 걸 장건은 처음 알았다.

바지가 휙 하니 벗겨지자, 장건은 왜인지 벼락을 맞은 듯 전율했다.

그리고 그 순간, 미끄덩하고 장건을 괴롭히던 뜨거운 덩어리가 장건의 몸을 빠져나갔다.

"우아아앗!"

벌떡.

장건은 상체를 일으켰다.

시큼떨떠름한 밤

"헉헉……."

얼마나 놀랐는지 땀이 뚝뚝 떨어져 내렸다.

장건은 가만히 손으로 이마를 닦았다. 이마가 뜨겁다.

"꾸, 꿈이었나 봐."

아무래도 꿈인 게 다행인 한편, 아쉽기도 하다.

꿈처럼 느껴지지 않던 생생한 촉감들이 아직도 손과 몸 곳곳에 남아 있는 듯하다.

"휴우우우."

장건은 새삼 자신이 얼마나 멍청하고 위험한, 그리고 상대에게는 부끄러운 짓을 했는지 알 것 같았다.

"어휴, 이 바보."

장건은 눈물이 찔끔 날 만큼 세게 머리를 때렸다.

딱.

"나도 그렇게 창피했는데 걔들은 어떻겠어. 그러게 처음부터 그런 짓을 하지 말았어야 했는데."

말은 그렇게 하고 자꾸만 잘못했다 반성도 하는데 가슴은 장건의 생각을 배신하고 쿵덕쿵덕 힘차게 뛴다. 아직도 눈앞에 벌거벗은 당예와 제갈영, 양소은과 남궁지…… 그리고 백리연의 모습이 아른거렸다.

"바보바보……."

장건은 눈에 어른거리는 환영을 잊기 위해 몇 번이나 머리를 두들겼다.

다른 사람들도 그렇지만 백리연의 일을 생각하니 하늘이 노래지는 것 같다.

부친을 괴롭혀서 혼을 내줬는데, 고의든 아니든 얼마 지나지도 않아 그녀의 벗은 몸을 훔쳐보고 말았다. 당사자에게는 뭐라고 사과할 것이며, 또 사과를 해야 하는 자신의 입장은 얼마나 난처한가 말이다.

"미치겠다."

장건은 고개를 푹 수그렸다.

두근두근.

자신의 이런 마음도 몰라주고 자꾸만 두근대는 심장이 밉기만 하다.

"하아아……."

부친을 괴롭혔기 때문일까? 백리연이 예쁘단 생각은 당시에 할 여유도 없었다. 그런데 이제 와 다시 되새기면 정말로 예쁜 여자라는 생각이 든다.

백리연뿐 아니라 다른 소녀들도 마찬가지다.

제갈영도 당예도, 남궁지와 양소은도 모두가 예쁘고 개성이 있다. 소림을 찾아온 수많은 향객들과 여자들을 다 따져봐도 그녀들 만한 여자는 없었다.

장건은 아주 잠시 멍청한 눈으로 그녀들을 생각했다. 더불어 그녀들에게 깔려 있던 꿈속의 장면도.

장건은 모르고 있었지만, 여자를 여자로서 예쁘다고 느낀

시큼떨떠름한 밤

것은 지금이 처음이었다.

그녀들을 생각하니 가슴이 두근거린다.

장건은 자신의 가슴 위에 손을 얹었다. 자그마한 홍조가 뺨에 어렸지만 장건은 스스로 그것을 알 수가 없었다.

"아차!"

장건은 이내 자신이 당면한 문제를 깨달았다.

"내가 이런 생각을 할 때가 아니잖아?"

법당 밖에서 마지막에 복면인이 공력을 돌리는 바람에 들킨 생각이 난 것이다.

앞으로 어떻게 해야 할지, 그게 장건에게는 더 큰일이었다.

"걸리기까지 했으니 어휴우우. 이게 다 그 복면 쓴 아저씨 때문이야."

장건은 복면인을 생각하고는 눈을 찡그렸다.

"가만, 그런데 여기가 어디지?"

장건은 주변을 돌아보았다.

아무도 없는 속가 제자의 숙소다. 깜깜한 것을 보니 아직 밤이 지나지 않은 모양이다.

"누가 여기까지 데려다준 걸까? 불목하니 할아버지의 모습을 비슷하게 본 것도 같은데. 일단 땀이라도 좀 닦아야겠다. 몸이 다 축축하네."

장건은 거친 숨을 몰아쉬며 몸을 일으켰다. 아니, 몸을 일으키려 했다.

그러나 절로 몸이 탁 굳었다.

"어?"

장건의 고개가 천천히 아래로 내려갔다. 꿈에서 양소은이 벗기려 했던 바지는 고스란히 입혀져 있다.

그러나 뭔가 이상하다.

"따, 땀이겠지?"

땀치고는 너무 흠뻑 젖었다.

장건이 점점 울상으로 변해갔다.

바짓가랑이를 만져보던 장건이 황당한 얼굴로 머리카락을 움켜쥐었다.

"으아아, 나 오줌 쌌어!"

아무래도 꿈의 마지막에 무서운 누님이 원인이었던 모양이다.

"미치겠네. 집에서도 한 번밖에 오줌 안 쌌는데 다 커서 이게 뭐야."

그때, 멀리서 누군가 달려오는 인기척이 느껴졌다.

장건은 소름이 끼침과 동시에 바짝 긴장했다. 최대한의 청각을 끌어올리고 온 신경을 집중했다.

"건아, 나 지금 가고 있어!"

중얼거리는 목소리가 대팔의 것이다.

'대팔이에게 들키면 안 돼!'

법당에서의 일은 나중에 혼나든가 하더라도, 당장 오줌 싼 걸 들킬 수는 없었다. 대팔의 성격을 봤을 때, 백 날 백 달 백 년을 오줌싸개라고 놀릴 것이다.

 장건은 온 힘을 다해 바지를 움켜쥐고 달아났다. 소리도 내지 않고 절묘한 신법으로 순식간에 숙소를 나가 대팔이 오는 방향의 반대쪽으로 뛰었다.

 당연히 대팔이 물에 적신 수건을 들고 돌아왔을 때에는 장건은 자리에 없었다.

 "건아, 기다려. 내가 땀도 다 씻겨주고 할 테니까 나중에 날 죽이지만 말…… 응?"

 대팔은 한 손에 수건을 들고 다른 손으로 머리를 긁적거렸다.

 "건이가 어딜 갔지? 왕무가 그 사이에 와서 데리고 갔나?"

* * *

 숙소를 빠져나온 장건은 어기적거리면서 빨래터로 가다가 걸음을 멈추었다.

 처음 속가 제자 아이들과 어울리면서 빨래를 하던 그 빨래터였다.

 "어? 잠깐."

 이 빨래터는 사람들이 자주 애용하는 곳이었다. 아무리 지금이 깊은 밤중이라 해도 누군가에게 들키지 말란 법은 없었다.

게다가 숙소와 너무 가까워서 대팔이가 자신을 찾으러 이곳으로 올 수도 있었다.

 '좀 더 멀리 가야겠다.'

 장건은 어디로 갈까 고민하다가, 개울물을 따라 위로 가면 적당한 곳이 있다는 걸 기억해냈다. 사람도 안 다니는 산중이고 조용해서 후딱 빨래를 하기에 적합한 장소였다.

 장건은 빨래터에서 더 위쪽으로 올라갔다.

 들킬지도 모르니 발자국 소리도 나지 않게 조심스럽게 걸어야 했다. 그러나 그렇게 조심스럽게 걷는 것에 집중하던 탓에 장건은 누군가가 개울물의 반대편에서 똑같이 걸어 오르고 있음을 눈치채지 못했다.

 바삭.

 땅에 떨어진 나뭇가지를 밟는 소리와 함께 장건은 얼어붙었다.

 "엇!"

 "헙!"

 나뭇가지 밟는 소리에 놀라 장건이 급한 소리를 삼키는 동시에 반대편에서도 같은 소리가 났다.

 장건은 천천히 고개를 돌렸고, 반대쪽에 있던 이도 마찬가지로 고개를 돌렸다.

 그렇게 둘의 시선이 마주쳤다.

 어두운 산중이었지만 먼 거리도 아니었고, 그 둘이면 충분히 달빛만으로도 알아볼 수 있는 거리였다.

장건은 몰래 빨래를 하러 간다는 걸 들켰다는 사실에 놀란 와중에도, 상대방이 왜 거기에 있는지 궁금했다.

"원호…… 대사님? 원호 대사님 아니세요?"

장건이 서 있는 개울물의 반대편에서 역시나 엉거주춤하게 장건처럼 서 있던 원호가 작은 헛기침을 하며 되물었다.

"허, 헛험. 거, 건이냐?"

* * *

"아니, 이놈들아! 내가 금방 온다고 잘 보고 있으라 했잖아!"

문원은 기가 차서 가슴을 쳤다.

소왕무와 대팔은 고개를 푹 숙였다.

소왕무가 변명을 했다.

"아니, 노인장께서 안 오시는데 건이는 자꾸 아파하고…… 그래서 사람을 부르러 나갔던 거죠."

사람을 부르러 나갔던 소왕무는 중간에 문원과 만나 다시 돌아왔다.

문원이 '어이쿠, 어이쿠!' 하며 대팔을 째려보았다. 대팔이 어깨를 움츠리며 대답했다.

"저는 왕무가 시키는 대로, 건이 땀이라도 닦아주려고……."

"이 바보들아. 내가 건이는 춘약에 당했다 했잖으냐. 건이 녀석이 보통 희한한 놈이야? 혼혈을 짚었어도 안심이 안 돼 지키고 있으라 했건만, 이제 어쩔 거야?"

소왕무와 대팔이 우물거리자 문원이 타박했다.

"만약에 그 아이가 욕정에 눈이 멀어서 괜히 애먼 양가집 규수라도 건드려봐라. 그러면 너희들은 물론이고 건이의 인생도 끝장나는 거야. 그뿐이겠니? 너희들이 소림의 제자인 이상 불미스러운 일이 벌어진다면 소림은 오명을 씻지 못할 게다."

대팔이 불만스러운 투로 투덜거렸다.

"그게 어디 건이랑 우리 탓인가요? 당가에서 그런 약을……."

서너 걸음도 넘게 떨어져 있던 문원이 손가락을 튕기자, 대팔의 눈에서 불똥이 튀었다.

따—악!

"으아악!"

대팔이 이마를 감싸 쥐고 바닥을 데굴데굴 굴렀다.

"소림이 왜 욕을 먹게 되는지 모른다면 넌 나처럼 평생 불목하니나 하면서 살아야 돼!"

문원은 몇 번이나 가슴을 치더니, 가뜩이나 쭈그러진 얼굴에 인상을 확 썼다.

"내가 알아서 할 테니, 너희들은 일단 이곳에 가만히 있어라. 괜히 어쭙잖게 나섰다가 더 일이 꼬이면 진짜 큰일난다."

말이 끝나기가 무섭게 문원의 모습이 흐릿해지더니, 바람이 가볍게 일어남과 동시에 사라졌다.

이마에 커다란 혹이 나 눈물을 찔끔거리면서 대팔이 이상하다는 듯 소왕무에게 물었다.

"아우우! 대가리 아파 뒤지겠네. 야, 왕무야. 너 탄지(彈指)를 날리는 불목하니에 대해서 들어봤냐?"

사실 소왕무도 문원이 보여준 한 수에 넋이 나갔다.

"탄지를 자유자재로 날리는 불목하니가 세상에 어디 있겠냐. 소림이니까 있는 거겠지."

"나 새삼 우리 소림이 대단하단 생각이 들어."

"응. 소림에 대해 우리가 아는 건 쥐똥만큼밖에 안 되는 것 같아."

소왕무와 대팔은 가만히 서로를 마주보았다.

그러고는 고개를 끄덕였다.

"역시 우린 그냥 여기 가만히 있는 게 낫겠다."

* * *

"……"
"……"

장건과 원호는 어색한 분위기 속에서 이러지도 저러지도 못하고 서 있었다.

"저기요."

"건아."

서로 말을 꺼냈다가 동시에 멈추고는 다시 어색한 침묵이 도래했다.

장건도 장건이지만 원호도 참으로 난감하기 이를 데 없는 상황이었다.

'어허. 어쩌다가 이런……'

원래 원호는 계율원 곁에 쪽방처럼 마련된 자신의 침소에서 잠을 자고 있었다.

그때까지만 해도 원호의 기분은 하늘을 찌를 듯했다.

새 인생을 시작하는 기분을 만끽하고 있다고 해도 과언이 아니었다.

소림의 오랜 걸림돌이었던 굉자배와 원자배의 갈등이 해소되는 시점에 와 있었고, 이에 무자배도 크게 반겨했다. 앞으로는 더욱 똘똘 뭉쳐 험난한 일도 다 헤쳐나갈 수 있을 듯싶었다.

조금 전에도 침입자가 있어 다소 놀라긴 했지만, 방장 굉운이 무당의 허량을 만난다고 전해와 안심했다. 내일 얘기해줄 테니 걱정 말라는 굉운의 전언에 원호는 자세한 이유를 묻지도 않고 곧 잠을 청했다.

이유는 모르지만 허량이 내원을 침입한 사실조차도 원호에게는 그렇게 불쾌한 일이 아니었다.

환야 허량까지, 우내십존 중의 다섯이 소림으로 왔다.

좋은 일로 온 것은 아니나, 그것은 그만큼 소림이 강호에서 차지하는 비중이 높다는 반증이기도 했다. 세상 어떤 문파에 우내십존 중의 다섯이 모이겠는가 말이다.
 소림이니 이러한 일도 있을 수 있는 것이다.
 '사람이 생각을 달리하면 만사가 다르게 보인다더니 내게도 그러한 모양이구나.'
 전의 원호였다면 허량이 허락도 없이 내원에 들어왔다 했을 때, 당장 계도의 자루부터 잡고 뛰쳐나갔을 일이었으나 지금의 원호는 느긋하기 그지없었다.
 '건이란 녀석, 그런 귀여운 놈을 내가 왜 그동안 이리도 미워했는가 모르겠구나. 무진이도 건이에게 자극을 받았는지 끼니까지 거르면서 무공 수련에 열중이고.'
 소림사를 소림 화원으로 만들기도 했지만, 그것 역시 장건의 인기가 하늘을 찌를 듯 높은 까닭이 아닌가.
 '그리고 그 강호 최고의 인기인인 장건이 바로 소림의 제자란 말이지.'
 원호는 요즘처럼 마음이 평온한 적이 없었다. 전처럼 걱정이 많아 불면증에 시달리고, 그 때문에 아침부터 내내 불쾌하고…… 그것이 또 반복되어 밤에 잠을 못 이루는 그런 증상은 싹 사라졌다.
 그래서인지 원호는 아주 가벼운 마음으로 순식간에 잠에 빠져들 수 있었다. 장건이란 아이 하나가 가져온 원호의 변화였다.
 그렇게 깊은 잠에 빠진 원호는 꿈에서 소림을 보았다.

소림사의 전각들과 현판 위로 찬란한 빛이 빛난다. 그가 그토록 원하던 소림의 기상이 전 강호를 비추고 소림의 제자들은 더 이상 핍박을 받지 않았다.

벅찬 가슴을 안고 원호는 눈물을 흘렸다.

그러다가 기겁을 하며 잠에서 깨어났다. 어린 나이도 아니고 지명(知命)의 나이였다. 내일모레면 세속적인 표현으로 환갑인데, 몽정을 하고 만 것이었다.

'어허, 이런…… 이 무슨 괴이한 일인고.'

사춘기 때야 넘치는 혈기를 주체하지 못해 몇 번이나 밤에 몽정을 한 적이 있지만, 고된 이십 대를 겪으면서 수양이 깊어지고는 한 번도 겪지 못했던 일이었다.

남자라면 누구나 죽는 날까지 겪는 일이라지만 명색이 수행하는 승려가 아니던가.

더구나 여색을 탐하다 생긴 일도 아니고 번영하는 소림을 찬양하다가 몽정을 하다니…….

천하의 원호였지만 당황하지 않을 수 없었다.

'내 잠시 나태해졌었구나. 아무래도 좀 더 마음을 바로잡으라는 부처님의 가르침이신 모양이다.'

부처님의 가르침은 좋지만, 당장에는 젖은 바지를 해결하는 것이 선결 과제였다.

'요즘 여 시주들 때문에 젊은 제자들이 밤중에 빨래를 자주 하러 간다던데…….'

실수로라도 그들과 마주치면 원호는 억울할 것이다. 단순히 여자 때문이 아니라 소림을 생각하는 마음이 깊다 보니 생긴 일이잖은가.

고민 끝에 원호는 내원 쪽 본산 제자들이 사용하는 빨래터가 아니라, 대부분이 독 치료를 받고 있어 조용한 속가 제자들의 빨래터를 찾았다.

거기에 신중을 기한다고 아무도 없는 곳을 찾아 더 개울을 오르다가 장건을 만나고 만 것이었다.

"으음······."

원호는 고뇌에 가득한 신음소리를 냈.

장건이 어떻게 할까, 고민하다가 언뜻 원호를 보니 원호 역시 자신처럼 어정쩡한 자세로 서 있었다. 원호도 곧 장건의 자세를 보고 비슷한 상황이라는 걸 알았다.

원호가 나직하게 장건을 불렀다.

"건아."

"예."

그 짧은 갈등을 애써 외면하며 원호가 말했다.

"일단 빨자."

두 노소(老少)가 달밤에 엉덩이를 드러낸 채 적막한 개울가에서 바지를 빨고 있는 모습은 쉽사리 볼 수 없는 진귀한 광경이었다.

좌라라라!

타라라락!

경쾌한 소리가 연신 울린다.

원호는 자신의 빨래도 잊고 장건이 빨래하는 모습을 쳐다보았다.

일반적인 빨래 방식은 분명 아니었다. 장건만의 특기인 '용조수로 빨래하기'가 무림 고수의 초식 시연 장면처럼 원호의 앞에서 펼쳐지고 있었다.

언젠가 굉운이 원호에게 말한 적이 있던 그 수법이었다.

지금이야 빨래를 하지 않지만 소싯적에는 수년간이나 사형들의 빨래를 도맡아야 했던 원호조차 탄성이 절로 나올 지경이었다.

'내가 그땐 왜 그 말이 나를 놀리는 거라 생각했던고.'

장건의 손동작에는 조금의 망설임도 없고 간결하다. 일반적으로 빨래하는 모습이 시골 부잣집의 잔칫상처럼 화려하다면 장건의 빨래는 마치 정갈한 사찰의 음식을 연상시킨다.

이런 용조수가 실전에서 제대로 펼쳐진다면 소림에서도 당할 이가 몇 없을 것이다. 물론 지난번 백리연의 추종자들과 맞섰던 모습에서 이미 볼 만큼은 보았지만 말이다.

원호가 감탄만 하고 있는 사이, 장건은 손을 쭉 비틀며 뻗어서 바지를 꾹 짰다.

바지 한 벌 빠는 데 정말로 눈 깜짝할 사이였다.

대충 물기를 짠 장건은 쪼그리고 앉아 있다가 일어나서는 바지를 쫙 펼쳤다. 그리곤 손으로 툭툭 쳤다. 가볍게 치는 것 같은데 손이 닿을 때마다 옷감이 쫙쫙 소리를 내며 펴진다.

 바지는 다림질이라도 한 것처럼 빳빳하게 펴져서는 번쩍거리는 새 옷이 되었다.

 내친김에 장건은 웃옷도 벗었다. 땀에 절어 있어서 어차피 빨아야 했다.

 투르르르, 탁탁!

 그깟 한 벌 빠는 데 얼마 걸릴 리 없었다. 장건은 잽싸게 물기까지 털고는 바지와 웃옷을 나뭇가지에 걸었다.

 물기가 거의 다 빠져서 잠깐만 기다리면 마른 옷을 입을 수 있었다.

 생전 처음 이런 광경을 보는 원호는 그저 허탈하게 웃을 수밖에 없었다.

 "허허허."

 그런 원호의 웃음에 팔다리를 감싸고 앉아 있던 장건이 주춤했다.

 '아직 다 못하셨네. 큰스님들은 빨래를 안 하시니까…… 갑자기 하시려면 좀 그렇겠지.'

 어색한 분위기라고 하지만, 혼자 빨래를 마치고 가만히 보고 있자니 미안해진다.

 '사실 나도 오줌 싼 게 창피해 죽겠는데 대사님은 얼마나

더 민망하시겠어.'

장건은 아직도 쪼그리고 앉아 바지를 주물거리는 원호가 불쌍해졌다.

"저어…… 대사님."

"……왜 그러느냐?"

"제가 도와드릴까요?"

남에게 맡길 게 있고 맡기지 않을 게 있다. 원호는 괜한 머쓱함을 헛기침으로 감추었다.

"엇험험. 됐다."

원호는 대충 얼기설기 빨래를 하고는 장건이 하던 대로 내공을 써서 물기를 뺐다. 털어냈다기보다는 거의 내공으로 우격다짐처럼 밀어내는 수준이었다.

옷이 찢어지진 않았으니 최소한 체면은 살린 셈이다.

옷이 완전히 마르는 동안 두 노소는 가만히 앉아 있었다. 그 부담스러운 침묵을 참기가 힘들었는지 원호가 입을 열었다.

"내가 싫지 않으냐?"

나름대로는 고심해서 한 말인데 장건은 고개를 저었다.

"왜 싫어요? 좀 무섭긴 하지만 싫지는 않아요."

"내가 무서워?"

"네. 맨날 인상을 쓰고 계시니까요."

원호는 실소를 흘렸다. 그러더니 먼 하늘을 보았다.

"나는 말이다. 원래 네가 싫었다."

"예? 저를 왜 싫어하세요?"

"싫어하는 게 아니라 싫어했다. 그러니까 지금은 싫어하지 않는 것이지."

"에에……."

장건이 뻘쭘해져서 습관적으로 뒷머리를 긁었다.

"그간 홍오 사숙조 때문에 네가 고생하는 걸 알면서도 아무것도 도와주지 못해 미안하구나. 강호의 은원이란 원래 그런 것이나, 어린 네게는 큰 짐이었을 테지."

도와주기는커녕 오히려 더 고생을 시켰으니 미안한 마음은 더하다.

긁적긁적.

쑥스러워하는 장건만큼이나 원호도 이런 말을 하는 것이 민망했다.

"혹시나 앞으로 힘든 일이 있으면 얘기하도록 해라."

"예."

"그리고 말이다."

"네."

"우린 살아도 같이 살고, 죽어도 같이 죽는 거다."

"네?"

장건이 눈을 동그랗게 뜨고 원호를 바라보았다.

"왜 무섭게 죽는다는 얘길 하세요."

"어험. 그러니까 말이다. 내 얘기는, 지금 있었던 일을……

그러니까 다른 사람들한테 말하지 않는다는…… 험험."

"아하, 네! 잘 알겠어요."

"알았으면 됐다. 이제 빨래도 얼추 마른 것 같으니 내려가자꾸나."

"예, 원호 대사님."

약간 덜 마른 바지를 입고 걸음을 옮기던 원호가 고개를 돌렸다.

"그리고 앞으로는 사백이라 불러라. 같은 식구끼리 무슨 대사님이냐."

장건은 신이 나서 대답했다.

"네!"

원호도 자기가 그런 말을 해놓고도 스스로 무안했던지 '험!' 하고 헛기침을 하며 산을 내려갔다.

장건은 원호를 바라보다가 주섬주섬 옷을 챙겨 입었다.

"설마 원호 대사님, 아니 사백님까지 오줌을 쌀 줄이야. 밤에 불장난 하셨나?"

장건이 개울을 따라 내려가며 고개를 갸웃거렸다.

"어? 근데 이상하다. 오줌을 쌌는데 왜 또 오줌이 마렵지?"

정말로 이상한 일이었다.

제5장

떠나는 이는 한과 미련을 품는다

　방장실로 불려온 허량은 자신의 기분을 숨기지 않았다.
　"뭐? 나더러 당분간 아무 데나 쏘다니지 말라고? 그러니까 내 발목에 족쇄를 채우겠다 이건가?"
　"족쇄를 채운다고는 하지 않았습니다. 무당에서 선배님을 모실 사람이 올 때까지 자중하고 계셔달라 부탁하였지요."
　"그러니까 그게 그 말이 아닌가! 내가 볼 거라도 다 봤다면 억울하지도 않겠네. 나 말고도 꼬마 셋이 있었는데 장건이라는 한 놈만 훔쳐보고 나랑 두 꼬마는 아무것도 못 봤단 말일세."
　굉운은 물러서지 않았다.

"법당에 있던 소저들이 큰 피해가 없었으니 오늘 일을 없었던 것으로 해달라 부탁하여, 이 정도에서 그치는 것입니다. 선배님께서는 제가 참회동에라도 모셔야 제 뜻을 받아주시겠습니까?"

외원의 숙소에 가만히 대기하고 있으라는 것만도 허량의 체면을 크게 살려준 셈이다.

젊었을 때에야 홍오와 어울리며 이리저리 사고를 치고 다녔지만, 지금은 다 잊혀진 일이고 이젠 한 문파를 대표하는 무인인 허량이다.

그런 허량이 여인들의 나신을 훔쳐보기 위해 소림의 내원에 몰래 침입했다. 더구나 피해자인 소녀들은 팔대 세가의 여식들이었다.

만일 그녀들이 처벌을 원했다면 무당으로서도 감당하기 어려운 일일 것이었다.

"그때 이후로 무당에서 한 발짝도 밖으로 나오지 않으셨으니 답답하신 마음은 이해합니다만, 지금은 이것이 제가 제안 드릴 수 있는 최선입니다."

허량은 기가 차 혀를 내둘렀다.

"그게 다 누구 때문인지 몰라서 묻는가? 방장께선 정말로 내가 누구 때문에 일 갑자의 세월을 무당에 갇혀 살아야 했는지 모른단 말인가?"

굉운도 안다.

홍오가 강호행을 하던 날에 허량만큼 홍오와 잘 어울린 이도 없었다. 무(武)에 관해서는 윤언강과 토론하기를 즐겼으나 환락가에서 여자를 밝히고 노는 것은 허량과 함께였다.

그러던 중에 사소한 다툼으로 사이가 멀어지자, 홍오가 무기명으로—물론 무기명이라 해도 나중엔 스스로 자랑처럼 떠들어대 다들 그게 홍오였다는 걸 알았지만— 무당에 허량의 악행과 음행을 모두 적어 투서했다.

허량이 그 정도까지 타락한 행동을 하고 돌아다닐 줄 몰랐던 허량의 사부는 큰 충격을 받았다.

결국 허량은 무당으로 소환되었고 허량의 사부는 허량이 다신 무당의 산문 밖을 나가지 못하도록 명을 내렸다. 이후에 홍오가 허량과 같은 처지가 된 것은 아마도 당연한 일이었는지도 몰랐다.

"허! 홍오 놈만 그런 줄 알았더만 알고 보니 소림이 나를 무시하고 있었구나!"

"나무아미타불. 어찌 소림이 무당의 존장을 소홀히 하겠습니까."

"지금 방장의 태도가 그러하지 않은가!"

허량이 화를 내자, 굉운의 얼굴이 살짝 굳었다.

"정 그러하시다면······."

그때 허량이 방장실의 문을 향해 고개를 돌렸다.

"음?"

미미한 기척을 느낀 것이다.

굉운은 새삼 감탄했다. 문원이 아무리 가까이에 왔다지만 그의 기척을 느끼는 건 어지간한 이는 불가능한 일이었다.

"기척을 지우고 방장실에 온 이는 누구신가?"

허량의 말에 굉운은 대답하지 않았다.

『사숙조께서 이 밤에 어인 일이십니까?』

방장실 밖에서 문원이 전음으로 답했다.

『급한 일일세.』

어지간해서는 모습을 드러내지 않는 문원이 발각되는 것을 각오하고 나타났다.

정말로 급한 일임에 틀림없는 것이다.

굉운이 몸을 일으켰다.

"실례되는 일인 줄 알지만 볼일이 있어 잠시 자리를 비워야겠군요. 제가 드린 말씀, 충분히 이해하셨으리라 생각하겠습니다."

허량이 비꼬는 투로 대답했다.

"충분히 알아들었네."

"그럼."

허량이 방장실을 나가고 나서 머잖아 굉운도 밖으로 나왔다. 밖에서는 문원이 다급한 표정으로 전각의 지붕에서 뛰어내렸다.

"무슨 일이십니까?"

"당가에서 건이에게 춘약을 먹였네."

굉운의 눈썹이 꿈틀거렸다.

입이 걸걸한 사람이라면 '이제 막가자는 거냐?'고 한마디 할 법한 일이 벌어지고 만 것이다.

"아이는 어디 있습니까?"

"혼혈을 짚어 속가 제자 숙소에 재워두었는데 사라졌네."

"큰일이군요."

소림에는 수많은 여자들이 와 있다. 춘약에 당한 장건이 누구에게 무슨 짓을 저지를지는 아무도 모르는 것이다.

최악의 경우 아무 여자나 붙들고 덤비는 일이 벌어진다면 소림은 물론이거니와 장건 역시 큰 고역을 겪어야 하는 것이다.

굉운이 급히 나한승들에게 장건을 찾으라 이른 후 문원을 돌아보았다.

"일단 재워두었던 숙소로 가서 자취를 추적하는 것이 좋겠습니다."

"앞장서겠네."

문원과 굉운은 나는 듯한 걸음으로 속가 제자들의 숙소를 향해 달려갔다.

* * *

완전 범죄(?)를 저질렀다고 생각한 장건은 숙소를 앞에 두고 걸음을 멈추고 말았다.

"우엣!"

하필이면 굉운과 문원이 숙소에서 나오고 있는데 마주치고 말았다.

그 뒤에는 소왕무와 대팔이 고개를 푹 숙인 채 죄인마냥 뒤따르고 있었다.

하필이면 여기서 딱 마주칠 줄이야!

'아직 마음의 준비가 안 됐는데.'

법당에서 몰래 훔쳐보다가 들켰으니 벌을 받아야 하는 건 당연했다. 하지만 방장 굉운이 직접 나설 줄은 몰랐다.

장건은 최대한 태연한 척하려 했으나 그러지 못하고 어깨를 움츠렸다. 법당에서 훔쳐본 일도 그렇지만 오줌 쌌다는 걸 들키는 것도 두려웠다.

한데 장건의 생각과는 반대로 문원이 눈을 휘둥그레 뜨고 물었다.

"얼씨구? 이놈 멀쩡하네? 너 괜찮으냐?"

"네?"

"아무 일 없었느냐고."

장건은 무슨 말인지 몰라 굉운을 슬쩍 쳐다보았다. 굉운도 약간 놀란 눈치다.

문원이 장건을 위아래로 훑어보더니 장건의 옷을 만지고 냄새를 맡았다.

"너 솔직히 말해라. 대체 어딜 갔다 왔던 거야?"
문원은 혹시나 장건이 벌써 일을 치루었을까 봐 겁이 덜컥 났다.
그러나 장건은 반대로 이해했다.
'아고…… 결국 들켰구나.'
문원이 장건을 다그쳤다.
"이놈 뭔가 숨기고 있는데? 빨리 말하지 못해!"
"우웅……."
굉운이 낮게 탄식하며 엄한 목소리로 말했다.
"사실대로 말하거라!"
소왕무와 대팔도 거들었다.
"그래, 건아. 솔직히 말해."
"딱 보니까 옷까지 빨아 입은 거 같은데, 거짓말하지 말고."
문원이 소왕무와 대팔을 향해 눈을 부라렸다.
"너희들은 좀 가만히 있지 못하겠냐?"
소왕무와 대팔은 입을 다물고 조용히 고개를 숙였다.
장건은 입을 반 자나 내밀었다.
"원호 사백님은 거짓말쟁이야. 우리가 입만 다물고 있으면 괜찮을 거라고 하시더니."
영문을 모르는 장건으로서는 원호가 말했다고 볼 수밖에 없었다.
굉운과 문원이 깜짝 놀랐다.

"원호가 관계되어 있다고!"

원호는 성격상 아무리 자기 식구라 하더라도 남의 집 처자를 함부로 범하는 걸 내버려둘 위인이 아니다. 그러나 어쩔 수 없이 일이 끝난 직후라면 소림을 위해서라도 그 일을 무마시킬 만하다.

"허!"

"아미타불."

문원이 혀를 내두르고, 굉운은 처참한 마음으로 불호를 외웠다.

장건이 볼을 뾰루퉁하게 부풀려서는 말했다.

"저만 오줌 싼 거 아녜요. 원호 사백님도 오줌 싸서 저랑 같이 빨래했단 말예요."

"엥?"

방금까지 망치로 얻어맞은 기분이었다면, 지금은 갑자기 딴 세상으로 날아간 기분이었다.

문원의 표정이 일그러졌다. 굉운도 어처구니가 없다는 듯 웃었다.

"오줌……을 쌌다고?"

"너만 그런 게 아니라, 원호 사질까지?"

특히나 소왕무와 대팔은 서로 마주보면서 눈을 뜨고 놀란 표정을 지었다.

문원이 다시 물었다.

"그럼…… 지금 네가 다녀온 곳이…….."
"저 안에서 깨고 나니까 바지가 축축하길래…… 개울가에서 원호 사백님하고 같이 빨래했어요."

굉운이 허공에 눈짓을 했다. 보이지도 않는 사방 곳곳에서 나한승들이 굉운에게 전음을 보내왔다.

『외원에서는 아무 일도 없었습니다.』
『전혀 소란이 발생하지 않았습니다.』

장건의 말은 사실이었다. 아무 여자나 겁탈하여 춘약에서 벗어난 게 아니었던 것이다.

굉운이 고개를 끄덕였다.
"사실이구나."
문원은 기가 막혀서 입을 다물지도 못했다.
"허!"

당가의 지독한 춘약에 중독되었는데 오줌을 싸서 벗어났다?

독선의 독정까지 자기 것으로 만든 장건이니 그럴 수도 있다고 생각은 하면서도 이해가 가질 않는 것이었다.

굉운이 갑자기 인상을 쓰며 손가락을 튕겼다.
딱! 딱! 딱!
"으악!"
"악!"
"아얏!"

소왕무와 대팔은 물론이고 장건까지도 굉운의 금강지를 피하지 못하고 이마를 감쌌다.

굉운이 말했다.

"아무리 나이가 어리고 철이 없다고는 하나, 절에서 수행하는 너희들이 그런 짓을 저질렀다는 게 도저히 믿겨지지가 않는구나."

장건과 소왕무, 대팔은 눈물을 찔끔거리면서 무릎을 꿇었다.

"죄송합니다."

"저희가 잘못했습니다."

"오늘 일을 없었던 것으로 해달라는 청이 있어 너희들을 이쯤에서 용서하는 것이다. 너희들이 오늘 일을 한마디라도 입 밖에 낸다면 그것은 소림은 물론이거니와 내게 당부한 당사자들에게까지 피해가 가는 일일 터. 그때에는 엄벌에 처할 것이니 명심하도록 하여라."

"예."

사실상 소왕무와 대팔은 본 것도 없으니 입 밖에 낼 말도 없었다.

"아침까지 계율원 마당에서 정좌하며 오늘 일을 반성하도록 해라."

계율원이라는 말에 장건과 소왕무, 그리고 대팔의 표정이 미묘해졌다.

계율원은 무섭지만, 조금 전 원호가 오줌을 쌌다는 말이 생각났던 것이다.

말을 하고 난 굉운도 웃을 뻔해 일부러 인상을 썼다.

"표정을 보니 아무래도 반성하는 기미가 보이지 않는구나?"

"아니에요! 잘못했습니다."

"백번 죽어도 할 말이 없습니다."

굉운은 몇 마디를 더할까 하다가 그만두었다. 그에게는 이제 해야 할 일이 있었다.

"고생 많으셨습니다."

굉운의 말에 문원이 고개를 살짝 숙이며 합장을 했다.

"나무아미타불 관세음보살. 방장 대사님께서 허락하여 주신다면, 제가 아침까지 이 녀석들에게 설교를 좀 하겠습니다."

"그리하십시오."

문원은 눈을 매섭게 뜨고 죄지은 소년들을 노려보았다.

이후로 날이 밝기까지 몇 시진 동안을 장건과 소왕무, 대팔은 문원의 설교를 듣고 있어야만 했다.

*　　*　　*

벌써 깊은 밤이 지나고 어슴프레 동이 터오려 한다.

밤새도록 장건을 기다리던 당예와 당사등은 좌불안석하고 있었다.

아예 방문 밖에 나가서 기다리기까지 했다.

그럼에도 장건은 오지 않았다.

"왜 안 오죠?"

"나도 모르겠다. 그 약은 본가의 향에만 반응하는 것이니 다른 여인을 품었을 리도 없거늘."

"약이 잘못된 건 아닐까요?"

"그럴 리가 없다고 말하지 않았느냐. 향이 짙어진 것으로 보아 분명히 약효도 발동되었을 거다."

그러나 이제는 말하는 당사등조차 스스로 미심쩍어할 수밖에 없었다.

이미 올 시간은 지나고도 넘었다.

당예는 안도가 되는 한편, 섭섭하기도 한 자신의 마음을 알 수가 없었다.

그때 당사등이 중얼거렸다.

"끝났구나."

멀리에서 다가오는 한 인물이 있었다.

소림의 방장 굉운, 그를 보는 순간 당사등은 장건의 일이 실패했음을 직감했다.

극단적인 방법까지 사용했는데 실패한 것이다.

"예야. 들어가 있거라."

당예도 당사등의 말투에서 불안함이 적중했음을 느꼈다.
"큰할아버지……."
당사등은 말없이 손을 저었다.
당예는 방으로 들어가 문을 닫았다.
가슴이 허전했다.
'왜 이러지?'
가문을 위해 시작한 일이고, 오기로 던진 마지막 수였다.
'단순히 그런 줄 알았는데 왜 가슴이 이렇게 뻥 뚫린 것 같지?'
당예는 방문에 기대어 선 채 이유 모를 감정에 안절부절 못했다.
그 사이, 밖에서는 드디어 굉운이 당사등과 마주했다.
"아미타불."
당사등은 가볍게 고개만 끄덕였다. 왜 이런 밤중에 왔냐고 물을 필요도 없었다.
굉운 역시 묻지도 않고 말을 꺼냈다.
"도가 지나치셨습니다."
당사등은 눈을 질끈 감았다.
혹시나 했는데 역시나다. 한 번의 실패에 고심을 거듭해 개량해낸 약조차 또다시 실패하고 말았다.
소림이란 벽이 이토록 컸던가?
당사등은 무기력감을 애써 감추며 말했다.

"갖고 싶었네."

"가문의 일에 옳지 않은 방법으로 여아를 끌어들인 것은 부끄러운 일입니다."

굉운의 질타에 당사등이 조소했다.

"나도 갖고 싶었으나, 예가 갖고 싶어 한 것을 가지게 해주고도 싶었네."

많은 의미가 포함된 말이다.

굉운이 조용히 당사등을 응시했다. 당사등은 헛웃음을 흘리면서 고개를 저었다.

"이제 와 무슨 발뺌을 하겠나."

"어떻게 하셔야 할지 아실 거라 믿습니다."

"너무 매정하게 굴지 말게. 강산이 변해도 강호의 연은 끊어지지 않네."

"나무아미타불."

"소림에서는 물러나지만 본가가 아주 물러서는 것은 아닐세. 그래서야 당씨라 불릴 수가 없지."

어느새 당사등의 허탈한 눈빛이 다시 사납게 번뜩였다.

"가시는 길, 보중하시기를."

"방장께서도, 아니 소림 역시 그러하길 바라겠네."

굉운의 반장에 당사등이 힘차게 포권으로 답했다. 그리곤 당당하게 어깨를 편다.

도저히 소림이란 절에서 춘약까지 사용한 비겁한 인물의 태도라고는 볼 수 없다.

굉운은 돌아서며 가볍게 눈살을 찌푸렸다.

'묻지 않는군.'

당사등은 그렇게 궁금했을 텐데도 끝끝내 장건이 어떻게 당가의 춘약에서 벗어났는지 묻지 않았다.

소림에 와 몇 차례나 독한 짓을 했고, 다 실패하였음에도 자존심을 꺾지 않는 것이다. 그가 말한 대로 포기하지 않은 것이다.

방장에게 인사를 하면서 소림을 언급한 것도 그러한 이유이리라. 장건이 아니라 목표를 소림으로 잡을 수도 있다는 말이다.

굉운은 걸으면서 잠시 눈을 감았다.

'일의 시작이 어디에서부터였는가.'

당사등이 장건을 가지겠다 독정을 심은 것이 시작이었다. 계획대로라면 장건은 지금쯤 당가에서 당사등의 진전을 잇고 있어야 했다.

그러나 장건은 어디로 튈지 모르는 아이였다. 독정의 중독을 이겨내며 돌아다닌 탓에 소림 전체가 중독이 되었다. 거기에서부터 당사등의 계획은 꼬였다.

결국 당가는 재산을 상당수 쏟아부으면서까지 뒤처리를 하는 신세가 되고 말았다.

그것만으로도 비참했겠으나 장건을 얻을 수 있다면 그 정도의 투자는 나쁘지 않았을 것이다. 다만, 제갈영이 나타나고 굉운이 문각의 진전을 얻기 위해 당가를 외면하면서 당가는 처음의 목적조차 이루기 힘들게 되었다.

끝내 춘약이라는 극단적인 수를 꺼내들었으나, 그것 역시 장건에 의해 무용지물이 되었고…… 이제 당가는 비참하고 초라한 모습으로 힐난의 눈길 속에서 소림을 떠나야 한다.

제아무리 사필귀정(事必歸正)이라 하더라도 당가의 처지가 안 된 것은 사실이었다. 이렇게까지 일이 꼬일 거라고는 생각하지 못했을 테니까.

더구나 사실상 그 모든 일의 원인이 홍오와 당사등의 과거 인연 때문이었다는 걸 생각하면, 떠나면서까지 악담을 퍼붓는 당사등의 입장도 한층 이해가 되는 것이다.

'아차!'

굉운은 번쩍 눈을 떴다.

몸조심히 가라는 방장의 말에 당사등은 소림이나 조심하라는 투로 말했다.

현재 시점에서 가세가 크게 기운 당가가 직접적으로 소림을 어떻게 해볼 방법은 없다.

'홍오 사숙이로군!'

지금 소림의 유일한 약점은 바로 홍오, 갑작스레 늙어가며 정신마저 오락가락하는 그 하나다.

'오늘부터 또 바빠지겠구나.'

꾕운은 고개를 돌려 잠시 당사등을 응시하다가 조용히 자리를 떠났다.

*　　*　　*

날이 밝았다.
장건들은 아침 공양시간까지 거르며 문원에게 설교를 들어야 했다.
"배고파!"
장건은 꾸룩거리는 배를 붙들고 부친인 장도윤에게 향했다.
장도윤에게 어디서부터 어디까지 말을 해야 할지는 모르겠지만, 일단 가면 뭐라도 먹을 게 있을 터다.
한데 그때 제갈영이 장건의 앞을 가로막으며 뛰쳐나왔다.
"오빠!"
"앗!"
어제 일을 떠올린 장건은 순간 얼굴이 붉어졌다.
'어떻게 해야 하지?'
사과를 해야 할까, 아니면 모른 척 인사를 해야 할까?
장건이 고민하고 있는데 하나둘 어제의 소녀들이 장건의 앞에 나타났다. 멀리에 백리연까지 있었다.
장건은 새빨개진 얼굴을 차마 들지도 못하고 머뭇거렸다.
따가운 시선이 느껴졌다.

남궁지가 물었다.
"할 말……없어?"
양소은도 물었다.
"어제 너 맞지? 분명히 너였지?"
마침내 결정을 내린 장건이 주먹을 꾹 쥐고 힘을 내 말했다.
"얘기 들었어요. 제가 잘못한 일…… 벌주지 말라고 하셨다구요. 정말 미안해요."
그 한마디가 모든 것을 설명해주었다.
"아! 역시 그랬구나. 내가 잘못 본 게 아니었어."
혼잣말을 중얼거리는 양소은을 밀치고 제갈영이 앞으로 나왔다.
"어제 다른 사람도 있었어?"
장건도 복면인에 대해 새벽에 문원에게 대강의 이야기를 들었다. 어렴풋이 낯익은 수법을 쓰기에 자신과 문사명을 떼어놓았던 그 도인이 아닐까 했는데, 반로환동을 한 무당의 노도장이라 했다.
하지만 무당과 소림의 관계가 있으니 함부로 말하지 말라는 말도 덧붙였었다.
그렇다고 소왕무와 대팔을 팔 수도 없는 노릇이었다.
"그냥 나 혼자……."
장건이 조마조마해하며 둘러댔다. 거짓말을 하는 게 워낙 익숙지 않아서 겨우 몇 마디를 하는 것조차 힘들었다.

어차피 제갈영들은 법당 안에 있던 터라 누가 몇이나 있었는지는 모른다. 나한승들이 악적을 찾았다며 쫓으라는 말만 들었을 뿐이다.

장건이 다시 확실하게 사과를 하려고 입을 열었다.

"저기…… 정말로 내가……."

그때 남궁지가 말했다.

"괜찮아."

"응?"

제갈영이 대답했다.

"오빠 첩…… 아니, 당예 언니가 아침에 와서 말해줬어. 오빠가 그랬던 건 자기가 안 좋은 약을 먹여서였다고. 그러니까 오빠가 잘못한 게 아니래."

장건이 먹은 건 대팔이 준 약이었다.

무슨 일인지 몰라 어리둥절해하는 장건에게 남궁지가 설명했다.

"춘약. 그것도 그 특정한 향에 반응하는."

장건은 아직 얘기를 알아듣지 못하고 눈만 끔벅거렸다.

양소은이 머리 뒤로 양손을 올려 깍지를 끼고 피식거렸다.

"그러니까 당예라는 그 아이가 널 꼬시려고 약을 먹인 거였어. 넌 그래서 그 아이의 향에 이끌려서 우리가 목욕하는 데까지 오게 된 거고."

그랬었나?

'소왕무와 대팔이 같이 가자고 해서 간 것뿐인데…….'
어딘가에서 오해가 있는 것 같은데, 그 오해를 풀기가 참으로 애매했다. 그러자면 아무것도 보지 못한 소왕무와 대팔의 이야기까지도 해야 하니 말이다.
장건은 문득 당예가 보이지 않는다는 걸 알았다.
"어? 그런데 예는?"
제갈영이 답했다.
"소림을 떠난대. 아침에 와서 나한테 그 얘기를 해주고 갔어."
"뭐라고?"
"흥! 첩년들이 하는 짓이 다 똑같지 뭐. 오빠한테 그런 나쁜 짓을 했으니 예 언니도 어떻게 소림에 더 있을 수가 있겠어?"
양소은이 투덜대듯 말했다.
"그래도 양심은 있어서 얘기를 해주고 가네. 안 그랬으면 우린 네가 색마라고 생각했을 텐데."
장건은 갑자기 가슴이 뭉클해졌다.
"아!"
대팔이 준 약이 당예에게서 전해진 거라는 건 쉬이 짐작 가능했다. 왜 이상한 꿈을 꾸고 그랬는지도 이제야 이해할 수 있었다.
하지만 법당에서 몰래 훔쳐볼 때에 장건은 멀쩡한 정신이었다.

'내가 잘못한 걸 덮어주려고 일부러…….'
장건이 급히 물었다.
"언제 갔어?"
"얼마 안 됐어. 아침에 일어나자마자 찾아왔었으니까. 그런데 왜?"
"인사라도 해야 할 것 같아."
"그런 나쁜 애한테 뭐 하러 인사를 해!"
장건은 '어어?' 하고 눈을 크게 뜬 제갈영을 뒤로하고 정문을 향해 뛰었다.
"지금 뭐 하는 거야!"
제갈영이 제자리에서 방방 뛰었다. 양소은이 고개를 갸웃했다.
"흠. 아직 약기운이 덜 풀렸나?"
제갈영이 씩씩대며 외쳤다.
"따라가자!"
멀리서 가만히 지켜만 보고 있던 백리연도 약간 망설이다가 장건을 따라갔다.

장건은 정문을 벗어나 산문으로 향하는 계단에서 떠나는 당가 일행을 볼 수 있었다.
몇 명의 짐꾼을 데리고 가는 사람들 틈에 당예가 있었다. 당예는 소림을 떠나면서 몇 번이나 고개를 뒤로 돌리다가 달려

떠나는 이는 한과 미련을 품는다 175

오는 장건을 발견했다.

당예는 입술을 꼭 깨물고 장건을 향해 한 발을 내디뎠다.

"예야."

당사등이 당예를 만류했으나 당예는 꿋꿋이 일행을 벗어나 장건의 앞으로 갔다.

잠시 동안 둘은 아무 말을 않고 서로를 마주보았다.

"미안해."

먼저 말을 꺼낸 것은 당예였다.

"하지만…… 다행이야. 아무 일도 없어서."

장건은 고개를 내저었다.

"아니. 고마워해야 할 건 나인걸. 내 잘못인데 일부러 거짓말까지 해가면서 날 감싸준 거잖아."

"그래도 너한테 그런 약을 먹인 건 내가 잘못한 거야."

"나도…… 목욕하는 걸 훔쳐본 건 잘못했어."

당예나 장건이나 괜히 어색한 웃음이 났다.

장건이 머리를 긁으며 말했다.

"그럼, 둘 다 비긴 건가?"

비긴 것일 리가 없다.

당사등은 소림에 독을 풀었고, 당예는 강호에서도 치졸한 수법이라 일컬어지는 춘약을 썼다.

그럼에도 비겼다고 말하는 장건의 천진한 모습에 당예는 눈물이 배어나왔다. 아직 강호의 사정을 몰라서 그렇든, 아니면 정말 착해서든 그건 중요하지 않았다.
 자기도 모르게 감정이 복받친 당예가 장건을 와락 끌어안았다.
 어젯밤의 일에 대해서 제갈영에게 털어놓길 정말 잘했다는 생각이 들었다. 방장 굉운이 찾아온 후 소림을 떠나야 한다는 걸 알게 되었을 때, 당예는 이제 더 이상 장건을 볼 수 없게 된다는 사실을 깨달았다.
 게다가 장건이 비열한 수를 쓴 자신을 미워할 거라 생각하니, 갑자기 가슴이 아파왔다.
 뜬눈으로 고민을 하던 당예는 당사등이 알면 난리가 날 텐데도, 결국 제갈영에게 춘약에 대해 털어놓았다. 장건이 조금이라도 자신을 덜 미워해주길 바라면서.
 그리고 지금 당예는 마지막 행동에 대한 작은 보상을 받은 기분이었다.
 '이제 막…… 이렇게 좋아하기 시작했는데…….'
 장건의 마음이 겨우 열렸는데.
 가문을 위해서니 뭐니 하지 않았다면 지금보다도 더 좋은 관계가 되어 있었을지도 모르는데.
 당예는 기쁘면서도 울적했다.
 "안녕……."
 당예는 용기를 내어 장건의 입에 살짝 입술을 맞추었다.
 부드러운 여자의 품에 안겨 놀란 눈을 동그랗게 뜨고 있던 장건은 손을 써보지도 못하고 입술을 내주고 말았다.

"아앗! 저게 지금 무슨 짓이야?"
남궁지와 제갈영, 양소은은 옆에서 들려온 난데없는 외침에 깜짝 놀랐다.
늘 고상하던 백리연이 씩씩대며 주먹을 쥐고 두 눈을 치켜 뜬 채였다.
양소은이 떨떠름한 얼굴로 물었다.
"네가 무슨 상관이야?"
"내가 왜 상관이 없어!"
제갈영이 소리쳤다.
"댁이 그럼 무슨 상관이 있어?"
"당연히 있지! 날이 밝았으면 당연히 나한테 제일 먼저 달려와서 사과를 하는 게 수순이잖아!"
"우, 웃겨? 우리 오빠가 왜 댁한테 사과를 해?"
백리연이 짜증난다는 투로 대답했다.
"그래야 내가 못 이기는 척 받아줄 테니까."
"야! 왜 엄연히 여기 정실 부인이 될 내가 있는데 왜 우리 오빠가 널 받아준다고 그래?"
제갈영이 악을 쓰자 백리연이 팔짱을 끼고 코웃음을 쳤다.
"누가 누굴 받아줘? 내가 쟤를 받아주는 거지. 쟤가 날 받아주는 게 아냐."

"웃기지 마! 그래봐야 너는 그냥 첩이야, 첩!"
백리연의 눈에 힘이 들어갔다.
"이 쪼그만 게 뭘 잘못 먹어서 헛소리를 하지? 정실 부인은 당연히 나지. 첩은 너 같은 못생긴 애나 하는 거야."
제갈영과 백리연이 투닥거리는 모습은 마치 예전의 당예와도 같았다.
남궁지는 둘에게는 별 관심없다는 투로 장건과 당예를 지켜보고 있었고, 양소은은 재밌다는 듯 웃고 있었다.
그런 그녀들의 모습을 멀리에서 보는 청년이 있었다.
문사명은 남궁지의 시선이 장건을 향해 있음을 보고 질투심에 미칠 것 같았다.
"장……건."
멈칫.
씹듯이 말을 내뱉던 문사명이 인기척을 느끼고 고개를 돌렸다.
범상치 않은 기세를 가진 청년이 어슬렁거리며 다가왔다.
"그쪽이 화산 검성 어르신의 제자인 문사명?"
"그렇소만?"
"아아, 너무 경계하지 마시오. 난 모용가의 전이라 하오."
"분월검 모용전?"
평소라면 억지로라도 웃음을 지으면서 서로 포권을 하며 인사를 했을 텐데, 지금 문사명은 그럴 기분이 아니었다. 물론 상대인 모용전도 문사명과 비슷한 기분인 듯했다.
"문 형은 남궁 소저를 사모하오?"
문사명이 흠칫하며 긴장한 기색을 보였다.
"남의 일에 신경 쓰지 않는 게 좋을 거요."
"뭐, 나도 그러고 싶긴 하지만…… 딱히 남의 일은 아닌 것 같아서."
"뭐라고?"
검이 있었다면 당장 뽑을 기세였다.
"경계하지 말라고 했잖소."
문사명은 화를 눌러 참으며 모용전의 시선을 따라갔다. 모용전은 남궁지가 아니라 양소은을 향해 시선을 보내고 있었다.
"흠……."
모용전이 말했다.
"난 몇 해 전 세가 회합에서 양 소저를 처음 보았소. 내 동생이 수작을 걸었다가 아주 늘씬하게 얻어맞았다오. 그래서 양 소저를 알게 되었지."
문사명은 '그런데?' 하는 눈빛으로 모용전을 가만히 바라보고만 있었다.
모용전이 어깨를 으쓱했다.
"아, 이상하게 들릴지 모르지만 남자를 개 패듯 거침없이 패는 모습이 너무 인상적이어서 말이오. 난 이상하게도 대찬 여자가 좋지 뭐요."

"음……."

그제야 문사명은 경계를 풀고 남궁지를 보았다.

"난……."

문사명이 입을 열자 모용전이 귀를 기울였다.

"난 작고 귀여운 여자가 좋소."

모용전이 픽 하고 웃었다.

"우린 같은 배를 탄 동지로구려. 같은 적을 둔."

문사명은 자기도 모르게 고개를 끄덕였다.

모용전의 말이 맞다.

저렇게 다른 여자에게 입을 맞추기나 하는 색마 같은 놈에게 남궁지를 넘길 수는 없다.

꾸욱.

문사명은 어금니를 힘껏 깨물더니 하늘을 한 번 쳐다보았다.

어디 눈 먼 학이라도 한 마리 안 날아가나? 하고 하늘을 쳐다보는 것이 요즘…… 습관이 되었다.

* * *

"울지 말거라."

당사등의 말에도 불구하고 당예의 눈에서는 계속해서 눈물이 흘러내렸다.

이미 장건은 돌아간 지 오래인데도 자꾸만 뒤를 돌아보며 한숨을 내뱉었다.

"그냥…… 눈물이 나요. 그냥……."

"소림은 이제 더 이상 본가와 우호적인 관계가 아니다."

"알고 있어요. 하지만…… 조금만 내버려두세요. 조금만."

당예가 앞서 뛰어가 버리자 당유원이 화를 냈다.

"저저…… 버릇없이!"

"내버려둬라."

"후우. 이번 일로 본가는 다시 일어설 수 있을지도 모르는 피해를 입었습니다. 그런데 마음을 모질게 먹기는커녕 저렇게 눈물이나 짓고 있으니……."

"됐다. 우리가 예에게 너무 큰 짐을 지게 한 건 사실이 아니냐."

"그렇습니다. 휴우…… 이제부턴 정말 큰일이로군요."

당유원이 소리내어 한숨을 쉴 때 당사등도 나직하게 한숨을 내쉬었다.

그때.

『쯧쯧. 기어이 쫓겨나는 거냐? 홍오에게 복수를 한대놓고 이대로 가는 거야?』

당사등의 귓가에 전음이 들려온다.

허량이었다.

당사등은 걸음을 멈추고 멀리 소림의 정문을 바라보았다. 모습은 보이지 않으나 정문 어딘가에서 전음을 보내는 듯했다.

당사등이 대답했다.

『자네가 찾아오지 않았으니까.』

『그럴 일이 좀 있었어.』

『그럼 먼저 가네. 나중에 연이 되면 다시 볼 수 있겠지.』

당사등이 걸음을 옮기려는데 허량이 다시 전음을 보냈다.

『아, 잠깐만. 나라밀금침술에 대해 물었었지?』

『그랬네만.』

『북해를 찾아보게.』

허량이 잠깐 언급했던 말이다.

『서장 밀교의 금침술을 왜 북해에서 찾으라는 건가?』

『내 스승님께 들었는데 문각 선사가 홍오를 소림에 가두고 북해에 다녀오신 적이 있다 하였네. 문각 선사가 중원을 떠난 적은 그때 한 번뿐이었지.』

당사등은 눈을 가늘게 떴다. 짐작이 가는 데가 있었다.

『북해마궁(北海魔宮)이로군.』

북해마궁, 혹은 세간에서 북해빙궁(北海氷宮)으로도 불리는 곳으로 새외삼세 중 가장 강력한 힘을 보유한 곳이기도 했다.

북해마궁은 호시탐탐 중원을 침략하여 과거에도 강호 무림과는 몇 번이나 큰 싸움을 해왔다.

지금에야 천하오절에 이어 우내십존이라는 걸출한 무인들을 배출해낸 강호 무림의 힘에 눌려 있지만, 언제 힘을 키워 다시 중원을 들어올지는 아무도 알 수 없는 노릇이었다.

그런 북해마궁을 홍오의 사부인 문각이 다녀왔다면, 분명 거기에 이유가 있는 것일 터다.

『조심하게. 북해마궁이 수십 년 동안 잠잠했다 하지만 어쨌든 우리와는 적대적인 관계이니.』

당사등은 피식 웃었다.

『적이 어디 북해마궁뿐이겠는가?』

이제는 소림도 당가의 적이다.

당사등의 말뜻을 알아들었는지 허량이 잠시 말을 멈추었다가 전음을 보냈다.

『잘 가게.』

『잘 있게.』

그 말을 끝으로 당사등은 미련 없이 고개를 돌렸다.

그가 다시 소림의 산문에 들어서는 날은 소림을 무너뜨리는 날, 혹은 소림이 자신에게 무릎을 꿇는 날이 될 것이었다.

*　　　*　　　*

"그래. 당가가 떠났다고?"
"네."

장도윤은 왠지 시무룩해져 있는 장건을 보며 어딘가 장건이 달라졌다는 걸 느꼈다.

"섭섭하더냐?"

장건이 말없이 고개를 끄덕였다.

"당가라면…… 소림에 큰 해를 입히고 너한테까지 해코지를 했던 곳이 아니냐. 그런데도 섭섭해?"

끄덕끄덕.

"흐음."

장도윤이 잠시 기다렸다가 물었다.

"당가의 소저가 마음에 들었었니?"

"그건 잘…… 모르겠어요."

"응?"

장도윤이 다시 물었다.

"그런데 왜 섭섭해?"

"그것도 잘…… 모르겠어요."

잘 모르겠다는 말이 왜 이렇게 장도윤에게 희한하게도 기쁘게 들렸다.

'이 녀석이 드디어 여자에 관심을 가지기 시작했구나!'

장도윤이 다시 물었다.

"다른 여자애들도 많지 않니. 그중에서 떠난다고 생각하면 섭섭한 애들이 누가 있을까?"

잠깐 고민하던 장건이 대답했다.

"다요."

"……응?"

"그냥…… 알던 사람들이 떠나면 다 섭섭할 거 같아요."

장도윤의 얼굴이 슬쩍 일그러졌다.

여자에 관심이 생긴 건지, 아니면 그냥 순수하게 섭섭하다는 건지 종잡을 수가 없었다.

어쨌거나 장건이 조금이나마 관심을 두기 시작했다는 것은 좋은 일이었다.

'무슨 일이 있었기에 우리 아들이 갑자기 변한 걸까?'

어제까지의 답답하고 고지식한 모습을 생각했을 때, 보통 큰 계기가 아니라면 갑자기 마음이 변할 리가 없을 텐데 말이다.

적어도 나쁜 방향으로 변한 게 아니라는 것이 그나마 장도윤에게는 위안인 셈이었다.

장도윤이 껄껄 웃으며 장건의 어깨를 토닥일 때, 장건은 자신의 입술을 손으로 만져보았다.

부드러운 감촉.

입술을 맞대는 사소한 동작이 이렇게나 두근거리는 일일 거라고는 꿈에도 생각해본 적이 없었다.

상대가 당예이기 때문일까, 아니면 그냥 남자와 여자이기 때문이었을까?

장건에게는 또다시 새로운 고민이 생겼다.

*　　*　　*

　원호는 요즘 주변의 시선이 묘하게 신경 쓰인다.
　승려들이 웃고 떠들다가도 자신이 가면 조용히 입을 다무는 것은 예전과 같았다.
　그러나 자신이 지나가고 나면 조그맣게 수군거리고 킥킥대는 소리가 들리는 것이었다.
　편안히 잠을 자고 마음도 여유로운 와중에 요 며칠간 그것만이 내내 거슬렸다.
　'아무래도 뭔가……'
　불안한 생각이 들었다.
　아니나 다를까.
　문수각주 원전이 찾아와 큰 소리를 쳤다.
　"아니, 대사형! 벌써 노망이 났습니까?"
　왜 그러는지 모르는 원호를 향해 원전이 분통을 터뜨렸다.
　"어이쿠! 정말 제자 놈들 보기 부끄러워서. 아니, 다 큰 어른이 되어 가지고 밤에 오줌을 싸요, 오줌을 싸? 이게 무슨 망신이…… 어이구. 어이구!"
　그제야 원호는 왜 자신이 지나간 후 승려들이 수군거리는지 알았다.
　"누, 누가 그러던가?"

"아, 본 사람도 있답디다. 같이 바지도 빨았다면서요? 정말이오? 정말 대사형이 오줌싸개가 된 거요?"

그렇다고 차마 '오줌이 아니라 몽정했다.'고 할 수도 없는 노릇이어서 원호는 뒷골이 당겨오는 듯했다.

"건이…… 이놈이……."

조금 예뻐질 만하면 늘 뒤통수를 친다.

'네가 다 불었냐!' 면서 가 따져봐야 소문만 더 확신으로 만들어줄 뿐이다.

후에 방장 굉운을 찾아가 전후 사정을 듣고 소문의 근원지인 소왕무와 대팔을 찾아 혼내기까지, 원호는 애꿎은 장건만 욕하며 남모를 고심을 해야 했다.

제6장

이유 있는 도전

 소림에서 당가가 물러났다는 소문은 금세 강호에 퍼졌다.
 당가가 장건을 포섭하려 여러 가지 노력을 한 것은 모두가 알고 있는 사실. 그럼에도 불구하고 고이 물러난 것에 대해 사람들은 여러 가지 추측을 내놓았다.
 포기했다. 혹은 소림에 무언가 밉보여 쫓겨났다. 아니면 관의 압박이 있었다, 등등.
 그러나 그중에서도 가장 설득력이 있는 소문은 바로 백리연 때문이라는 것이었다.
 백리연이 나타난 후 당예는 더 이상 장건의 관심을 끌 수 없었고, 결국 당사등도 포기한 채 돌아갈 수밖에 없었다는 것이다.
 그도 그럴 것이…… 최근 장건이 나타나는 곳이면 어김없이 백리연이 근처에 있었기 때문이었다.

"아, 정말 미치겠네."
 요즘 장건은 불편해 죽을 지경이었다.
 조금만 경내를 돌아다녀도 받는 주위의 시선조차 감당하기 어려운데, 그중에 꼭 백리연이 눈에 보였다.
 그냥 무시하고 가기에는 가깝고, 그렇다고 말을 걸기에는 조금 먼 거리에 항상 백리연이 있었다.
 광적으로 집착하며 장건의 곁을 쫓아다니는 것도 아니고 그저 멀리에 도도한 자태로 가만히 서 있다가 장건과 눈이라도 마주치면 '흥!' 하고 고개를 돌려 버리는 것이었다.
 처음엔 장건도 우연히 백리연을 마주친 것이고, 고개를 돌리는 건 목욕하는 모습을 훔쳐본 것 때문에 자기를 미워하는 거라 생각했다.
 하지만 이상하게도 자꾸만 어딘가를 갈 때마다 백리연이 보였다. 하루하루가 지날수록 그게 우연이 아니라는 걸 알았다. 장건은 원하든 원치 않든 움직일 때마다 백리연을 볼 수밖에 없었다.
 그리고 그때마다 늘 백리연은 코웃음을 치며 거만하게 고개를 돌린다.

'진짜 뭘 하자는 거야?'

장건의 성격이 좀 더 괄괄하기만 했어도 당장에 달려가서 대체 왜 그러냐며 따질 만한 노릇이었다.

하지만 먼저 가서 얘기를 걸기에도 조금 그런 것이, 백리연이 부친에게 못되게 군 것도 마음에 걸린다. 그럼 백리연이 먼저 사과를 해야 하는 게 정상인데 장건이 화가 나서 무턱대고 주먹질을 하는 바람에 그러기에도 애매해져 버렸다. 게다가 백리연을 볼 때마다 목욕을 하던 그녀의 모습이 떠올라 자기도 모르게 시선을 회피하게 된다.

정말 애매한 관계였다.

분명히 백리연은 예쁘다.

장건도 이제는 백리연이 예쁘다는 걸 안다.

어디에서든 그녀는 눈에 띄일 수밖에 없었다. 인간과 선녀가 함께 있으면 선녀가 먼저 보이는 게 당연하듯, 백리연이 그러했다.

백리연이 있는 곳이면 어디든 화사한 봄날과 같고 사람들은 미소를 짓고 있었다.

그런데, 그렇게 예뻐봐야 '예쁜 게 밥 먹여주나?' 하고 생각하는 장건에게는 대수로운 것도 아니었다.

첫 만남부터 불편한 관계였는데 이젠 대놓고 불편하게 구니 예쁘다는 생각보다 답답하다는 생각만 들 뿐이었다.

장건은 며칠을 고민했다.

가서 얘기를 할 것인가. 먼저 말을 건다면 무슨 얘기를 해야 할까.

그렇게 고민하던 장건이 마침내 결정을 내렸다.

'그냥 무시하자.'

어차피 평생 보고 살 것도 아닌데 말이다.

'오늘은 노사님께나 가봐야겠다.'

장건은 공양간의 심부름을 마치고 굉목에게 가기 위해 얼른 걸음을 옮겼다.

백리연은 백리연 나름대로 짜증이 나 있던 중이다.

'아니. 내가 이렇게까지 신경을 써주는데 빨리 와서 사과하지 않고 뭘 하는 거야?'

일부러 근처에서 어슬렁거리는 것도 장건이 자신을 찾을 필요가 없도록 배려한 것이었다.

자존심상 먼저 다가갈 수는 없는 노릇이다.

'아무래도 너무 가깝게 있으면 안 되겠지?'

그렇다고 너무 멀리에 가 있으면 우물거리다가 포기할지도 몰랐다.

백리연은 그래서 적당한 거리를 유지했다. 지나가다가 우연히 만나 말을 걸 수 있을 정도의 거리보다는 멀고, 아예 말을 거는 걸 포기하기에는 가까운 거리였다.

백리연은 그런 애매한 거리에서 장건을 기다리다가 장건이 나타나면, 약간의 신호를 보내기도 했다.

 물론 손을 흔든다거나 하면서 대놓고 기다리고 있었다는 듯한 모습을 보이고 싶지는 않았다. 그래서 대부분의 여자들이 그러하듯 약간 싸늘한 투의 태도를 취했다. 관심이 아예 없다면 무시하는 게 정석이니까.

 그런데 이게 웬일인가?

 장건이 분명 자신을 보고도 모른 척하는 것이었다.

 한 번도 아니고 몇 번이나!

 '어쭈? 저게?'

 백리연은 화가 났지만 주위 사람들을 의식하느라 화가 났다는 표시도 낼 수 없었다. 늘 그렇듯 차분한 태도와 미소를 유지해야 했다.

 '그래. 너도 자존심이 있다 이거지. 누가 이기나 보자.'

 주변에 있는 청년들을 향해 가벼운 미소를 머금어 보이면서도 백리연은 그렇게 마음을 먹었다.

 하루, 이틀…… 사흘.

 하지만 며칠이 지나도 장건은 아무런 행동을 하지 않았다.

 그나마 처음엔 약간 망설이는 듯하더니, 이젠 오히려 자신이 있는 쪽은 쳐다도 보지 않고 지나쳐 버렸다.

 '저게 진짜 보자보자 하니까! 내가 이렇게까지 하는데 아예 날 무시해?'

 백리연은 속이 부글부글 끓었다.

이유 있는 도전 195

'볼 거 다 봤다 이거야? 내가 그것밖에 볼 게 없어? 나쁜 놈!'

그런 백리연의 눈이 커졌다.

'어? 저게 지금 뭐 하는 짓이야?'

멀리서 제갈영이 쫄래쫄래 뛰어오더니 장건의 곁에 찰싹 붙었다.

은근히 공력을 끌어올려 귀를 기울이니 기겁할 만한 소리가 들려온다.

"나도나도! 나도 뽀뽀해줘! 왜 예 언니한테는 뽀뽀해주고 나한텐 안 해줘?"

하마터면 백리연은 자리를 박차고 뛰쳐나갈 뻔했다.

'저 꼬맹이가 정말!'

백리연은 자신만을 사랑해주고 지켜줄 남자가 필요했다. 그런 남자가 주변의 여자들에게 눈을 돌리면 안 되는 것이다. 그것은 자신을 우롱하는 것이며 동시에 비참하게 만드는 일이다.

강호에서 가장 아름다운 미인인 자신을 두고 왜 딴 여자에게 눈을 돌리느냔 말이다.

빠득.

백리연은 자기도 모르게 이를 갈고 말았다.

주변에서 백리연만을 바라보고 있던 청년들의 얼굴에 그늘이 지는 것을, 백리연은 조금도 알아챌 수 없었다.

＊　　　＊　　　＊

 장건에게 일격을 당한 이후, 방 안에서 두문불출하며 칩거하던 종유의 앞에 여러 명의 청년들이 나타났다.
 "종 대협! 정말 여기서 포기할 셈입니까?"
 종유는 침상에 걸터앉아 무릎에 양손을 걸친 자세로 묵묵히 청년들의 말을 듣기만 했다.
 "백리 소저가 벌써 장건이란 놈에게 마음이 넘어간 듯싶습니다. 일부러 그놈 근처에서 기다리는 것도 그렇고, 그놈이 나타날 때마다 자꾸만 한눈을 판다구요."
 "오늘은 그놈이 모른 척 지나가니 이까지 갔았지 뭡니까?"
 "함께 소림에 온 친구들 중에 벌써 반이 집으로 돌아갔습니다. 이대로라면 희망이 없습니다. 백리 소저를 그놈에게 빼앗기는 걸 가만히 지켜봐야 한다구요."
 아직 얼굴의 붓기가 가라앉지 않은 이병도 한몫을 거들었다.
 "종 대협이 나서지 않으면 이대로 끝입니다. 이럴 거면 뭐하러 우리가 소림으로 온 겁니까?"
 그제야 종유가 고개를 들었다. 그러나 여전히 아무런 말도 하지 않았다.
 청년들이 종유를 다시 설득했다.

"지난번 일은 아무리 생각해도 그저 운이라고밖에 할 수 없습니다. 종 대협이 방심하지 않고서야 어찌 그놈의 일권에 종 대협이 당하실 수 있단 말입니까?"

종유가 천천히 몸을 일으켰다. 청년들이 그의 말을 기다렸다.

"나 역시 정당한 승부로 졌다고 생각하지는 않소. 나 종유, 그래도 한때 하북에서 이름 좀 날렸다고 자부하는 놈이오. 이대로는 물러서지 않소."

종유의 말에 청년들의 얼굴이 환해졌다.

"역시!"

이병이 기뻐하면서도 조심스럽게 물었다.

"그럼 다시 싸운다면 그놈을 골로 보낼 방법이 있겠습니까?"

"물론이오. 나 종유, 이제껏 남들 보기 부끄러워 방 안에 틀어박혀 있었던 것이 아니외다. 장건의 수법을 파악하고자 잠시 몸을 숙이고 있었을 뿐이오."

종유가 우득 소리가 나도록 주먹을 쥐었다.

"백리 소저의 곁을 이 년이나 지킨 나요. 이제 와 굴러온 돌에게 소저를 내어줄 수는 없소. 내 목숨을 걸고서라도 장건을 쓰러뜨릴 것이오."

청년들은 환호했다.

"종유 대협이 그놈을 묵사발로 만들어 버린다면 백리 소저도 놈에게서 마음을 접으실 겁니다."

"우린 종 대협만 믿습니다."

"만약 우리 중에 누군가가 백리 소저와 혼인을 해야 한다면 그건 바로 종 대협이 되셔야 합니다."

마지막 말에 청년들이 갑자기 입을 다물었다. 그러고는 말을 한 청년을 째려보았다.

마지막 말을 내뱉은 청년이 당황하며 손을 내저었다.

"아니, 그러니까 내 말은……."

그때 눈빛이 거만해보이는 한 청년이 나섰다.

"됐소. 우리끼리 싸울 필요는 없소이다. 사실 꼭 종 대협이 다시 그놈을 이기리란 법은 없지 않소?"

"당신은……."

"백리 소저를 사모하는 것은 종 대협뿐만이 아니고, 백리 소저를 지켜야 할 사람도 종 대협뿐만이 아니오. 만일 백리 소저를 지킬 수 있는 자가 백리 소저의 짝이 될 수 있다면 내게도 그 자격이 있다 생각하오."

한창 좋은 분위기를 가라앉힌 말이었으나 청년의 말은 틀리지 않았다.

이병이 물었다.

"그래서 그런 방법이 있단 말이오?"

거만한 눈빛의 청년이 픽 하고 조소를 지었다.

"꼭 무공으로만 일을 해결하란 법은 없소."

"그럼……."
"장건이란 놈이 제아무리 잘났다 하더라도 뿌리가 무너진다면 설 자리가 없을 것이오."
청년이 툭 던지듯 한마디를 덧붙였다.
"장가장은 상인 집안이오."
이병은 청년의 말에 뭔가 눈치를 챈 듯 되물었다.
"하지만 작은 상단도 아니고 진상이라면 쉽게 건드리기도 힘든……."
"상인들이 제일 두려워하는 것이 뭐겠소? 무공이라면 종 대협에게 맡길 수밖에 없으나 우리에겐 그 외에도 동원할 수 있는 방법이 있소."
"무공 말고 다른 방법?"
"우리 중에는 고위층에 끈이 닿는 이들이 많소이다. 그들을 이용한다면 상단에 압력을 넣는 것쯤 아무것도 아닐 것이오."
중원에서 손꼽는 거대한 상단인 진상이니 아무래도 권력층과의 관계가 중요하다. 소금 전매 같은 특혜는 물론이고 엄청난 수량을 필요로 하는 관의 납품에도 고위 관리의 입김이 작용하는 탓이다.
이병이 '오오!' 하고 탄성을 질렀다.
"그렇군!"
청년들이 고개를 끄덕였다.
"과연. 쓸 만한 방법입니다."

상단에 압력을 가해 장건을 협박할 수도 있고, 아예 장가장이 일어서지 못하도록 만들어 백리연이 장건에게서 마음이 떠나도록 만들 수도 있다.

눈 높은 백리연이 망한 집안으로 시집을 갈 리는 없는 것이다.

이병이 고개를 끄덕이며 종유에게 말했다.

"좋은 방법이긴 하나 시간이 걸리니, 가장 좋은 것은 그 전에 종 대협이 그놈을 쓰러뜨리는 방법입니다."

"당연한 것이오."

종유가 목을 움직여 뚜둑 소리를 내더니 옷을 걸쳐 입었다.

"그렇게 내가 못 미덥다면 지금 당장 도전을 하러 가겠소."

종유가 밖으로 나가자 이병이 건방진 눈빛의 청년에게 조그만 소리로 귓속말을 말했다.

"혹시나 모르니 우리는 미리 준비를 하도록 합시다. 모든 일에는 만반의 준비라는 것이 필요하지요. 만일 종 대협이 지기라도 한다면 소저를 따르는 이들이 떠날 것이니 그 전에 대비를 해야 합니다."

며칠간 고심하던 종유가 방법이 생각났으니 저리 자신하는 것일 테지만, 그래도 이병은 종유만을 믿을 수는 없었다.

그의 마음을 안 청년이 고개를 끄덕였다.

"내 곧바로 사람을 모아 대책을 강구해보겠소."

이병과 청년은 눈빛을 교환하며 의미심장한 미소를 지었다.

　　　　　＊　　　＊　　　＊

　제갈영은 볼을 뾰루퉁하게 내밀고는 외원의 돌길을 걷고 있었다.
　"씨잉, 나한테는 뽀뽀도 안 해주고. 못됐어."
　그런 제갈영의 앞을 커다란 그림자 하나가 막아섰다.
　"너 정말 겁을 상실했구나?"
　제갈영이 고개를 들어 보니 백리연이었다. 졸졸 따라다니는 추종자들을 어떻게 따돌렸는지 혼자서 제갈영의 앞에 나타난 것이다.
　"뭐, 뭐야?"
　허리에 손을 척하니 올리고 싸늘하게 내려다보는 백리연의 눈빛에 제갈영은 살짝 겁을 먹었다.
　백리연이 냉기가 풀풀 날리는 차가운 어조로 말했다.
　"경고했지. 내 일에 끼어들지 말라고. 남의 남자를 건드리는 건 별로 좋은 생각이 아니야."
　제갈영도 함께 인상을 쓰며 지지 않고 백리연을 노려보았다.
　"누가 남의 남자야? 우리 건이 오빠는 댁을 좋아하지 않는데? 오빠 근처에서 알짱거리는 건 댁이지 우리 오빠가 아냐."
　그렇잖아도 장건이 자신을 무시해서 짜증이 나는 마당에 제갈영의 말은 비수처럼 백리연의 가슴에 꽂혀왔다.

 잠시 아무 말도 못하고 있는 백리연을 보며 제갈영이 '헹' 하고 웃었다.

 "자기가 좀 예쁘다고 착각하는 모양인데, 지난번 밤에도 너 때문에 우리 오빠가 훔쳐보러 온 거 아니잖아. 근데 뭐라 그랬어? 댁을 훔쳐보러 온 거라고? 진짜 웃기지도 않아."

 백리연은 손만 부들거리고 떨었다.

 "너…… 정말 혼나고 싶어?"

 제갈영이 계속해서 쏘아붙였다.

 "어따 대고 위협이야? 나한테 이런다고 우리 오빠가 댁한테 관심이나 둘 거 같아? 그리고 이미 댁은 아버님한테 찍혀서 무슨 짓을 해도 소용없어."

 "하, 하지만……."

 차마 부끄러운 모습을 모두 보였으니 책임져야 하지 않느냐는 말이 나오지 않았다. 그런 말을 하기에는 백리연의 자존심이 용납하지 않았다.

 부들부들.

 떨고 있는 백리연을 내버려둔 채 제갈영은 고소하다는 얼굴로 지나가 버렸다.

 그러나 백리연은 제갈영 덕에 자신이 무엇을 놓치고 있었는지 깨달을 수 있었다.

 '그래. 그때에도 내게 무작정 덤볐던 건 그의 부친 때문이

이유 있는 도전 203

었어. 부친이 용서하지 않는 한 내게 먼저 다가오지는 않을 거야.'

사실상 지금의 이 미묘한 관계를 개선하려면 중요한 것은 장건보다도 부친인 장도윤이었다.

백리연은 일단 숙소로 돌아가 어쩔까 하고 한참을 고민했다.

*　　*　　*

"뭐, 방법이라면 몇 가지가 있겠지. 그래도 남궁 소저가 말한 대로 문 대협이 장 소협보다 약하지 않다는 걸 확인시키려면 역시나 직접 보여주는 수밖에."

모용전의 말에 문사명이 고개를 저었다.

"지난번에도 싸우려 했지만 상대를 해주지 않았소."

괜히 허량에게 걸려 창피를 당했다. 그가 우내십존인 환야 허량이라는 걸 나중에 사부에게 듣지 못했다면 문사명은 심한 좌절감에 시달려야 했을 터였다.

모용전이 그때의 일을 아는지 모르는지 웃으면서 말했다.

"그렇다면 상대를 할 수밖에 없도록 만듭시다."

"어떻게 말이오?"

모용전이 마침 내원을 나와 외원으로 향하고 있는 장건을 눈짓으로 가리켰다.

"문 대협도 보지 않았습니까. 저 조용해 보이는 소년이 어떤 때에 화를 냈었는지."

문사명도 모용전의 시선을 따라 장건을 보다가 그 말을 듣고는 눈살을 찌푸렸다.

"좋은 방법이 아니오. 나 자신의 사소한 욕망을 위해 무공도 모르는 일반인을 핍박하란 말입니까? 그렇다면 내가 소림에서 행패를 부리던 백리 소저의 추종자들과 다를 바가 무에 있겠소."

문사명은 무언가를 더 말하려는 모용전의 말을 딱 잘랐다.

"다시 한 번 정식으로 도전을 하겠소. 우리는 협에 따라 움직이는 백도의 인물이지, 이득이나 좇는 사파가 아니오. 그 사파가 지금 어떻게 되었는지 모용 형은 상기해봐야 할 것이오."

문사명은 그렇게 말을 잘라 버리고는 근처에 보이는 소림의 승려에게 다가가 말을 걸었다.

모용전이 가만히 보니, 방장에게라도 청해서 비무를 할 생각인 모양이었다.

'그놈의 잘난 협 따위 지금 세상에 무슨……'

모용전은 가볍게 코웃음을 쳤다.

모용전은 비웃듯 중얼거렸다.

"고작 여자 하나로 목숨을 걸고 싸우는 일에 무슨 협이 있고 무슨 대의가 있단 말이오? 정신 좀 차리시오, 문. 대. 협."

이유 있는 도전

하지만 사랑에 빠진 남자의 눈에는 모든 것이 협으로 보일지도 모른다.

"뭐…… 어쨌거나 그건 나도…… 마찬가지인가?"

모용전은 가볍게 한숨을 쉬고는 어쩔 수 없다는 듯 문사명을 뒤쫓았다.

     * * *

날이 좋은 한가로운 오후라 외원에는 많은 남녀들이 나와 곳곳에서 망중한을 즐기고 있었다.

그중에는 당연히 소림에 갇힌 신세가 된 허량도 있다. 허량은 외원의 큰 정문 앞 나무 그늘에서 시간을 보내고 있었다.

당연히 그의 주위에는 여자들이 함께했다. 특유의 대화법으로 여자들에게 인기가 좋은 허량이었다. 어차피 반로환동을 해 겉으로는 이십 대로 보이는 그가 아흔이나 된 노인이라는 걸 아는 사람은 별로 없었다.

"그래서 말이죠. 내가……."

허량이 말을 하다 말고 고개를 돌렸다.

"으잉?"

수많은 사람들이 오가는 소림의 정문으로 그가 아는 익숙한 얼굴 두 명이 안내를 받으며 들어서고 있었다.

허량이 잽싸게 고개를 돌렸지만 이미 그들은 허량을 향해

오고 있었다.

"이런 젠장. 벌써 왔어."

허량의 곁에 있던 여인들이 갑작스런 허량의 태도에 물었다.

"무슨 일이세요?"

"그게 말입니다. 하하……."

그 사이 허량의 앞까지 선 두 명의 도인이 허리를 크게 숙였다.

"사조님, 모시러 왔습니다."

여인들이 놀라 눈을 휘둥그레 떴다.

"무당에서 오신 도사님들이시네?"

"그런데 사, 사조라고요?"

한 명의 도인은 삼십 대 중반으로 보이고 다른 한 명은 사십 대 정도로 보이는 도인이었다.

그런데 사조라고 하니 깜짝 놀랄 수밖에.

무당의 도복을 입은 두 도인이 여인들을 향해 살짝 고개를 숙이며 도호를 외웠다.

"무량수불."

"저희 사조이십니다. 겉으로는 이리 보이시나 벌써 일 갑자 반의 세월을 사셨지요."

여인들이 입을 딱 벌리며 허량을 곁눈질했다.

방금까지 희희낙락하며 농담을 주고받던 인물이 그런 노인

일 줄이야!

아무리 대단한 일이라고 해도 생겨났던 호감이 절로 사라지는 말이었다.

"예에…… 그럼 저희들은 이만."

여인들이 다 떠나 버리자 허량의 얼굴은 자연히 일그러졌다.

"이놈들이? 내게 무슨 억하심정이 있어서 공개적으로 망신을 주는 거야?"

나이가 좀 더 많은 쪽의 도인이 굳은 얼굴로 말했다.

"사조님, 남들 보기 부끄럽습니다. 저희가 모시러 왔으니 이제 그만 돌아가시지요."

"누가 안 간대? 죽기 전에 바깥 구경 한 번 해보려고 나왔다. 그런데 이렇게 망신을 줘?"

"그런 게 아니지 않습니까. 사문의 법에 의해 본산에서 계셔야 할 분이 이렇게 마음대로 무당을 나가시면 어쩌란 말입니까."

사실상 허량으로서는 할 말이 없었다. 사부의 유명까지 거스르고 몰래 나온 마당이었다.

그러나 돌아가고 싶지는 않았다. 여자를 좋아하는 게 천성인데 여자가 잔뜩 모인 소림을 떠나기 싫었다.

'지금 소림을 떠나면 언제 이렇게 여자가 많은 곳에 가볼 수가 있겠느냐.'

허량은 조금이라도 더 소림에 머물고 싶은 마음에 머리를 짜냈다.
딱히 방법이 없었다.
무당의 두 도인 중 나이가 많은 청우가 재촉했다.
"사조님. 더 지체하실 것 없이 바로 일어나시지요."
"가만 좀 있어봐라. 그래도 방장에게 인사는 하고 가야지."
나이가 좀 더 어린 청인이 대답했다.
"소림의 방장 대사께는 제가 다녀올 터이니, 걱정하실 필요 없습니다."
"어허, 내가 직접 인사한대도."
"장문인께서 이미 소림의 방장 대사께 말씀을 드렸으니, 그냥 사조님을 보는 즉시 모시고 돌아오라 하였습니다."
"에이잉! 누가 들으면 내가 아주 이상한 놈으로 보이겠다?"
"그러니 더 말씀하실 것도 없습니다. 빨리……."
그때.
허량의 눈에 지나가는 장건이 보였다.
희한하게도 거의 움직이지 않는 것 같으면서도 남들보다는 배나 빠르게 움직이고 있었다.
그 순간 허량에게 번개처럼 좋은 생각이 떠올랐다.
'오호라.'
허량이 손을 들어 장건을 가리키며 청우와 청인에게 말했다.

"저기 쟤 보이냐? 이상하게 걷고 있는 애."

한눈에 보기에도 이상한데 보이지 않을 리가 없었다.

"예, 보입니다."

허량이 말했다.

"너희들이 저 애를 이기면 그 자리에서 그으냥! 두 말할 것도 없이 바로 돌아가마."

청우와 청인이 황당한 얼굴로 장건과 허량을 번갈아 보았다.

"예?"

"지금 그게 무슨 말씀이십니까? 저 애가 사조님과 무슨 상관이 있다고요."

사실 상관은 별로 없었다.

굳이 있다고 하면 장건에 대한 호기심 정도? 그 호기심 정도는 풀어야 돌아가도 개운할 거라 생각한 것뿐이었다.

그리고 며칠 전의 실력으로 보면 장건은 청우나 청인에게도 그리 뒤쳐질 것 같지 않았다. 나이가 어리다고 우습게본다면 청우와 청인은 허량을 내버려두고 쓸쓸히 무당으로 돌아가야 할 것이다.

애써 이유를 찾자면 그 정도. 그 외에는 그냥 조금이라도 더 시간을 끌어보자는 핑계에 불과했다.

하지만 허량이 그렇게 말할 리가 없다.

"상관이 있어. 쟤가 바로 장건이거든."

마침 장건은 지나가다 말고 잠시 멈춰 서 누군가와 얘기를 하고 있었다.

청우와 청인은 그런 장건을 보며 고개를 끄덕거렸다.

"그렇군요."

"저 소년이 그 소문의 장건이었군요. 과연 들던 대로입니다. 저 기괴한 몸놀림 속에 담긴 무리가 범상치 않아 보입니다."

보통 사람이 얼핏 보면 그냥 나무토막이 날아가는 것 같다. 무리고 뭐고 느껴지지 않는다.

그만큼 청우와 청인의 경지가 높다는 뜻이다.

청인이 허량을 돌아보았다.

"그런데 장 소협이 사조님과 어떤 관계가 있습니까?"

"아, 이런 답답한 녀석 같으니. 넌 소림이 저 아이 하나 때문에 얼마나 강호에서 위상이 드높아지고 있는지 모르느냐?"

"그야 소림의 홍복이지요."

"홍복이 소림에만 있느냐?"

"네?"

"나도 무당에 홍복이 좀 있다는 사실을 믿고 싶다. 그래야 편하게 눈을 감고 선계(仙界)에 오를 게 아니냐."

청우와 청인은 곤란한 표정을 지었다.

"하지만 저희가 어떻게 어린 소년을 상대로 손을 쓰겠습니까?"

허량이 픽 웃었다.

"웃기고 있네. 내 볼 땐 너희 둘이 다 합쳐도 이길까 말까야."

"사조님, 그건 억지십니다."

"억지인지 아닌지 한 번 붙어봐. 그럼 내 바로 무당으로 돌아갈 터이니."

청인이 아무래도 이건 아니다 싶어 다시 말하려는 찰나, 청우가 고개를 저었다.

『사조님의 말씀을 따르자.』

사실 허량이나 되는, 그것도 사문의 존장을 억지로 데려갈 수는 없었다. 어차피 힘으로도 불가능하다.

스스로 문규를 깨고 나온 허량인데 순순히 돌아가란 법도 없지 않은가.

그럴 거면 차라리 이참에 약속을 받아내는 게 나은 일이었다.

청우가 확답을 받기 위해 다시 한 번 되물었다.

"저희가 저 아이와의 비무에서 이기면 더 지체하지 않고 바로 소림을 떠나는 겁니다."

"그래. 누가 뭐래냐?"

청우가 청인에게 눈짓했다.

청인이 고개를 끄덕인 후 신법을 써서 순식간에 자리를 떠났다.

청인이 십여 장을 순식간에 격하고 장건의 앞에 나타났다. 마치 부드러운 구름의 물결처럼 움직여 자연스럽게 장건을 가로막는 그의 신법은 실로 놀라울 지경이었다.

"무량수불. 소협 잠시……."

그런데 청인의 앞에는 아무도 없었다.

청인은 허공에 대고 말하는 꼴이 되었다. 지나가던 사람들이 모두 혼자 도호를 왼 청인을 보고 있었다.

"네?"

반문하는 목소리가 들려온 것은 청인의 뒤에서였다.

어지간해서는 뒤를 내주지 않는 것이 무인들의 습성이다. 청인은 깜짝 놀라서는 뒤로 돌았다.

장건의 입장에서는 누가 갑자기 앞을 막으려 하니 그냥 지나친 것뿐이었지만, 청인에게는 언제 장건이 스쳐 지났는지도 알지 못했으니 기가 막힐 노릇이었다.

『낄낄.』

허량의 전음에 청인의 입술이 씰룩였다.

『우, 웃는 것까지 전음으로 보내실 필요는 없지 않습니까.』

대답은 없었다.

장건이 두어 걸음 떨어진 곳에서 걸음을 멈추고 그를 이상한 눈으로 보며 물었다.

"왜 그러세요?"

청인은 어쨌거나 수양이 깊은 무당의 도인이다. 이내 놀란 심정을 수습하고 왠지 비뚤어진 듯한 길쭉한 도관(道冠)을 정리한 후, 다시 차분한 목소리로 인사를 건넸다.

"무량수불. 빈도는 무당의 청인이라고 하네."

"아, 예. 전 장건이라고 합니다."

지나가다 그들의 목소리를 들은 이들이 모두 걸음을 멈춰섰다.

"저분이 무당의 청인 도사님이래?"

"우와아. 그럼 저기 계신 분은 청우 도사님이겠네?"

청우와 청인.

무당의 차세대를 이끌어갈 쌍두마차라 불리는 절정의 무인들이다.

목 아래까지 길게 자란 수염을 기른 청우는 검공의 고수이며 짧은 팔자 수염을 기른 청인은 권과 장의 고수다. 무당의 제자들이 그러하듯 둘 다 내력이 깊은 내가고수이며 무당에서도 청자 대에서는 손꼽히는 실력의 소유자다.

특히나 청우는 검 실력이 절정에 달해 무당의 비전 검법을 사사하기도 했다.

사람들이 알아보자 청인은 주변을 향해서도 도호를 외며 인사를 했다.

그러나 그 둘이 얼마나 대단한지 모르는 장건은 살짝 볼을 부풀린 채 불만스런 어조로 말했다.

"저기요, 도사님? 불렀으면 말씀을 하셔야죠."

그런 장건의 말에 청인은 평정심이 흔들리는 것을 깨달았다.

"내 장 소협에게 한 가지 청할 것이 있어 부득이 길을 막아섰네. 결례인 것은 아나……."

청인이 고개를 들고 정중하게 말했다.

"권을 겨루고 싶네."

청인의 나이가 서른이 넘었고 사문에서도 실력이 뛰어나 적잖은 위치에 있다. 그런 청인이라면 보통은 장건 나이대의 무인에게 한 수 가르친다 하지 겨루자고는 하지 않는다.

청인으로서는 사조 허량의 억지도 있고 해서 한껏 예의를 갖춘 셈이었다.

그러나 장건은 그런 청인의 마음을 모른다.

'또야?'

이놈의 지긋지긋한 무인들은 생전 처음 보는 사람에게도 싸우자고 한다. 물론 처음 보는 사람만 그런 것은 아니다. 두 번 본 문사명도 그랬다.

하지만 사람들은 기대했다.

"오오!"

"무당의 청인 도사님이 장 소협에게 비무를 청하다니!"

"이게 다 장 소협이 그만한 자리에 올라 있다는 뜻 아니겠어?"

"그야말로 세기의 대결이겠구나."

사람들은 기대감이 충만한 눈으로 장건과 청인을 바라보았다. 지나가던 이들도 걸음을 멈추고 흥미진진한 얼굴로 상황을 지켜본다.

철비각 종유를 너무도 간단히 쓰러뜨린 것이 실력이었는지, 아니면 운이었는지 사람들은 궁금해하고 있었다. 철비각 종유가 낭인 고수라면 청인은 명문 문파에서 정식으로 사사한 고수인 것이다. 낭인과 명문 정파의 차이는 분명 존재할 수밖에 없으니 더 기대가 될 수밖에.

더구나 이것은 무당과 소림의 자존심 대결이기도 한 터.

나이차가 있다는 것이 좀 흠이나 충분히 그것을 가리고도 남을 만한 것이 이번 비무에 있었다.

청인이 재차 말했다.

"장소와 시간은 장 소협에게 맡기겠네만 가능한 빠를수록 좋겠네."

사람들이 환호를 질러 댔다.

"청인 도사님이 완전히 마음을 먹은 모양인데?"

"끝내준다."

그러나 장건은 길게 한숨을 내쉴 뿐이었다.

'지금 노사님께 안 가면 저녁 공양 시간에 맞춰서 못 오는데.'

장건이 꾸벅 고개를 숙이며 합장했다.

"죄송합니다. 전 지금 바쁜 일이 있어서요. 그리고 지금은 그러고 싶은 마음도 없구요. 그럼 전 이만."

장건은 청인의 대답을 기다리지도 않고 몸을 돌려 사람들의 틈을 빠져나갔다.

"……"

"……"

홀로 남은 청인만큼이나 지켜보던 사람들도 무안했다.

한 대 얻어맞은 기분으로 멍청하게 서 있던 청인에게 허량과 청우가 다가왔다.

"너 뭐 하냐?"

청인이 퀭한 눈으로 한참이나 허량을 보다가 대답했다.

"그냥 갔는데요?"

허량도 기가 찼다. 어지간히도 종잡을 수 없는 놈이었다.

"참 황당한 놈이로구만."

"그러네요."

"뭐, 알아서 해라. 네가 이길 때까지 난 안 돌아갈 거니까."

혼이 빠진 듯했던 청인의 눈에 생기가 다시 돌아왔다.

"그럴 수는 없지요!"

청인은 막 정문을 나서는 장건의 뒤를 따라갔다.

허량이 청우를 보며 물었다.

"넌 뭐 하냐? 안 따라가고. 청인이가 지면 넌 안 할 거냐?"

"저까지요? 하지만……."

허량을 지키고 있지 않으면 또 달아날까 의심스러운 것이었다.
"나도 갈 테니까 가자."
"알겠습니다."
청우와 허량도 천천히 정문으로 향했다.
사람들이 당연히 뒤따르지 않을 수 없었다.
"청인 도사님에 청우 도사님까지! 무당이 그만큼 장 소협을 높이 평가한다는 뜻인가?"
"장 소협이든 무당이든 오늘 하나는 쓴 맛을 보겠구먼."
"이런 좋은 구경을 놓칠 수야 있나."
"자자, 우리도 따라가자고."
청인과 청우, 허량의 뒤를 따라 한 떼의 사람들이 우르르 몰려간 것은 아주 당연한 일이었다.

"음? 뭐지?"
장건을 찾아 헤매던 종유는 한 무리의 사람들이 갑자기 정문을 나가고 있는 모습을 보았다.
종유가 지나가던 사람을 붙들고 물었다.
"이보시오. 무슨 일이라도 생겼소?"
"아, 무당에서 소림의 장 소협에게 도전장을 내밀었다는군요."
"무당에서?"
종유는 잠시 생각을 하더니, 곧 장건을 따르는 사람들의 무리에 합류했다.

 종유뿐만이 아니었다.
 소림에서 하릴없이 시간만 보내고 있던 이들에게도 그 소식은 금세 퍼졌다.
 "소림과 무당이 한판 붙는다는데?"
 "오! 재밌겠다."
 "어차피 할 일도 없는데 가보자. 근데 어디래?"
 "몰라. 지금 빨리 따라가자고."
 정문을 나가는 사람들의 수는 점점 불어났다.
 "아 왜 소림에서 안 붙고 밖으로 나가는 거야?"
 "그만큼 신나게 치고받고 하려는 거 아냐? 여긴 사람도 많고 장소도 좁잖아."
 "그게 아니라 우내십존의 환야께서 장 소협을 이기라고 명을 내리셨다더만? 한데 장 소협이 피하니 따라가는 게지."
 "왜?"
 "확실히는 모르겠는데 그래야 무당으로 돌아갈 거래나, 뭐래나?"
 "오호라. 무당이 소림의 신진고수를 이기지 않으면 자존심이 상한다 이건가?"
 사람들이 웅성거리며 무리로 이동하는 모습이 마치 썰물 같았다.

지나가는 이들의 말을 듣고 있던 한 중년인이 문득 그들의 말을 곱씹었다.
"이겨야…… 돌아간다고?"
굳은 얼굴로 무언가 생각하고 있던 중년인도 곧 그들의 뒤를 따랐다.
그의 손에는 너덜너덜하지만 깨끗하게 닦은 도관이 들려 있었다.

제7장

도전권 쟁탈전

방장 굉운은 문사명의 전언을 받았다.
"건이와 비무를 하게 해달라고? 이게 내게 굳이 요청까지 해야 할 일인가?"
장건이 비무에 응해주지 않으니 문사명이 억지로 방장에게 청을 한 것이다.
"검성은 곁에 없었고?"
"예. 문 대협의 독단적인 일인 듯싶었습니다."
전언을 가져온 승려는 그렇게 대답하고 방장실을 나갔다.
굉운과 업무를 의논하던 원호가 '또 장건?'이라는 얼굴을 하고 있다가 대답했다.

"젊은이들의 혈기 넘치는 도전이라고 생각했으면 좋겠지만 아무래도 검성의 의도를 생각하지 않을 수 없군요."

"자네가 보기에는 무슨 의도인 것 같은가?"

"검성의 간섭이 없다고는 볼 수 없으니, 역시나 화산의 존재감을 알리고 싶은 것일 테지요."

굉운이 생각에 잠겨 손가락으로 탁자를 톡톡 두드렸다.

"그렇다면 승산이 있다는 뜻인가……."

"승산이 있으니 요청을 해온 것일 테지요."

"내게 직접 청해왔으니 검성의 체면을 생각해서라도 거절할 수는 없는 일이겠네만."

"단순한 비무라면 상관없지만 아무래도 쉽사리 결정을 하면 안 될 것 같습니다."

"당장에 결정할 필요는 없으니 천천히 생각해보세나."

그러나 얼마 지나지 않아 둘에게는 날벼락 같은 상황이 보고되었다.

종유가 장건과 다시 재대결을 펼치고 싶다며 장건을 찾아다니고 있다는 얘기가 첫 번째였고, 두 번째는 무당의 청우와 청인이 장건과 비무하기 위해 쫓고 있다는 것이었다.

원호가 놀라 되물었다.

"뭐라고?"

보고하던 나한승이 당황한 얼굴로 말했다.

"사람들이 구경하겠다고 건이를 따라 다 정문을 나갔다 합니다."

"건이가 어딜 가고 있는데!"

"어람봉으로 가는 것으로 보아 아무래도 굉목 노사님을 뵈러 가는 것이 아닌지 생각됩니다."

"그럼 사람들이 다 어람봉으로 가고 있다는 것이냐?"

"그렇습니다. 대략 이백여 명 정도인데 더 늘어날지도 모르겠습니다."

"허어."

원호는 기가 차서 굉운 쪽을 쳐다보았다. 굉운도 다소 황당해하는 듯싶었다.

"하필이면 모두 같은 날에 비무를 하겠다니."

정말이지 장건은 악재(?)라도 몰고 다니는 모양이다.

"어찌 된 연유로 갑작스런 비무 요청이 쇄도했는지는 모르나, 아무것도 모르는 상태에서 내버려두었다가는 또 무슨 일들이 벌어질지 모릅니다."

자라 보고 놀란 가슴 솥뚜껑 보고 놀란다고, 장건이 관여된 일이라 원호는 우려가 된다.

"건이는 작은 일도 크게 만드는 재주가 있으니 심사숙고해야 합니다."

원호의 뜻을 알아들은 굉운이 원호에게 명했다.

"자네가 어람봉으로 가보게. 절대로 불미스러운 일이 발생해서는 아니 되네."

"알겠습니다."
원호가 곧 준비를 하고 나한승들을 대기시켰다.

　　　　　＊　　　＊　　　＊

　장건은 멀리서 사람들이 따라오는 것을 보고 깜짝 놀라서 더 걸음을 빨리했다. 소림의 지리도 잘 알고 걸음도 워낙 빨라 뒤따라오는 사람들에게 잡힐 리는 없었다.
　또 어람봉은 외부인에 대해 출입이 제한되고 있어서, 장건이 산길을 올라가 버리자 더 이상 쫓을 수도 없었다.
　장건은 금세 담백암까지 올랐다.
　까마득히 어람봉 초입에 사람들이 몰려 있는 것이 눈에 들어왔다.
　"휴우. 이상한 사람들이라니까."
　장건은 혼자 중얼거리면서 암자를 향해 외쳤다.
　"노사니임! 저 왔어요!"
　평소라면 독경을 하든 건신동공을 하든 할 시간인데 굉목의 모습이 보이지 않아 이상하던 참이었다.
　얼마 지나지 않아 굉목이 천천히 암자의 문을 열고 나왔다.
　"왔느냐?"
　"어?"
　굉목을 본 장건은 의아해졌다.

힘없는 목소리는 둘째 치고 가뜩이나 말랐던 얼굴이 어딘가 모르게 초췌했다.

 게다가 결정적으로 희미하게나마 웃음을 띠고 있었다!

 그것이 가장 이상했다.

 "노사님, 괜찮으세요?"

 "난 괜찮다."

 괜찮다고 말은 하는데 그 말투마저도 이상하다. 웃고는 있는데 어딘가 모르게 슬픈 듯한 표정이었다.

 장건은 깜박 잊었다는 듯 길게 합장을 한 후 굉목의 가까이로 단숨에 달려갔다.

 그리곤 아무 말 없이 굉목의 곁, 암자의 낮은 마루에 걸터앉았다.

 굉목도 장건의 옆에 천천히 가부좌를 틀고 앉는다.

 장건이 마루에 걸터앉은 채로 발을 흔들거렸다. 그렇게 한참이나 말없이 시간을 보내던 중에 굉목이 먼저 말을 걸었다.

 "좋지 않은 일이 있었다고 들었다. 이젠 괜찮으냐?"

 그러나 장건은 대답 대신에 놀란 얼굴을 했다.

 "어어어? 노사님 정말 이상해지셨어!"

 장건이 눈을 크게 떴다. 시간이 좀 흐르긴 했지만 평소의 굉목이라면 이렇게 친근하게 먼저 말을 걸지는 않았을 것이다.

 오히려 침묵이 어색해서 장건이 먼저 말을 걸었다가 혼난 적이 한두 번이 아니었다.

"누구……세요?"

"뭐가 누구냐."

"제가 아는 노사님이 아니신데요. 우리 노사님 어디 가셨어요?"

어리광을 부리는 장건의 말투에 굉목은 피식하고 웃음을 흘렸다.

"으아아앗! 정말로 노사님이 아니다!"

굉목이 금세 인상을 썼다.

"시끄럽다. 그만해라."

장건이 헤헤 웃는다.

"이제야 좀 노사님 같네요."

장건은 때를 놓칠세라 계속 말을 이어갔다. 굉목의 질문에 답하는 것이다.

"옛날에 매일 노사님하고 같이 있을 때가 자꾸 생각나요. 그땐 노사님께 혼나는 것만 빼면 정말 편하고 조용했었잖아요."

"넌 그랬을지 몰라도 난 너 때문에 늘 시끄럽고 귀찮았다."

"그래서 지금은 혼자 계시니까 좋으세요?"

자못 삐친 말투의 장건이 오늘따라 어리게만 보인다.

굉목은 장건의 마음을 알 것 같다.

얼마나 본산에서의 일이 힘들었으면 자신과 함께 지내던 옛날로 돌아온 것일까. 아마도 장건은 몇 년 전 자신과 함께 지

내던 때로 돌아가 '어리광 놀이'를 하는 건지도 모른다.

굉목은 창창한 하늘을 보며 자신도 그때로 돌아가기로 했다.

어색하고 딱딱한 말투로 장건의 질문에 대답을 한다.

"좋다. 네가 없으니 어찌나 조용하고 좋은지······."

그러나 이런 말을 하는 것조차 예전의 자신이 아니다. 이미 굉목은 장건에게 익숙해져 다시는 예전으로 돌아갈 수 없을 거라는 걸 알고 있었다.

"그래도 노사님 속으로는 허전하고 제가 보고 싶으신 거죠?"

"어차피 곧 돌아갈 녀석인데 내가 왜 보고 싶겠느냐."

"저 금방 안 가요. 아직 이 년이나 더 있어야 하는데요."

갑자기 장건이 길게 탄식을 했다.

"아······ 정말 이상하죠? 옛날엔 그렇게 시간이 안 가서 언제 돌아가나 했었는데요, 지금은 오히려 그때보다도 더 시간이 안 가요. 사람들도 많고 북적거려서 심심할 틈도 없는데 이 년이 너무 길게만 느껴져요."

장건이 곧 굉목을 따라 하늘을 본다.

굉목은 곁눈질로 그런 장건을 보다가 쓴 미소를 머금는다.

'벌써 팔 년이나 흘렀구나.'

잠깐 안 본 사이에 장건은 더 큰 것 같다. 산속에서 괴팍한 자신과 함께 사느라 마냥 어리기만 하던 장건이었다. 그런 장건이 풍파를 겪으면서 어딘가 모르게 어른이 되어가고 있다는 느낌이 들었다.

하지만 장건은 아직도 어리광을 부리고 싶어 한다.

예전으로 돌아갈 수 없는 굉목 자신처럼 장건도 다시 어릴 때로 돌아갈 수 없음에도 말이다.

잠시 말이 끊어져 둘은 가만히 하늘만 보고 있었다.

굉목이 갑자기 말했다.

"이놈아, 이게 무슨 궁상맞은 짓이냐. 할 얘기가 있으면 하고 없으면 가라."

"그냥 노사님 뵈러 온 거예요."

"그럼 가라."

장건이 볼을 부풀리자 굉목이 눈썹에 힘을 주었다.

"어허! 네가 애도 아니고 그게 뭐 하는 짓이냐?"

"제가 요즘에 얼마나 힘든지 노사님이 모르셔서 그래요. 전 진짜 다시 여기로 올라와 살고 싶어요."

"뭣 때문에 힘든데?"

그제야 장건이 줄줄이 한탄을 늘어놓기 시작했다.

"백리연이라고 예쁜 여자애가 있는데요. 그 애가 저만 보면 흥흥 하고 사납게 고개를 돌려요. 그런데 안 보려 해도 자꾸만 마주치게 돼요."

"그래서 신경이 쓰이더냐?"

"예. 그냥 무시하려고 하는데 잘 안 돼요."

"그리고 또?"

"제갈영이라고 귀여운 동생이 있는데요. 걔는 볼 때마다 자꾸 뽀뽀해달라고 졸라요."

"뭐라?"

"그게요. 당가에 예라는 여자애가 있잖아요. 걔가 가면서 저한테 뽀뽀를…… 읍!"

굉목의 눈빛이 살짝 변했다. 당가에서 장건에게 무슨 짓을 했는지 아는 까닭이다.

그러나 장건은 그런 눈빛을 오해했다.

"제가 노사님 앞에서 이런 얘기를 왜 했는지 모르겠네요."

굉목은 억지로 가슴을 가라앉히며 말을 내뱉었다.

"괜찮다. 얘기해봐라."

"사실은요……."

장건은 아무에게도 하지 못했던 얘기, 그래서 가슴이 답답해 미칠 것 같았던 응어리진 얘기를 굉목에게 털어놓았다.

소왕무와 대팔에게 이끌려 목욕하는 모습을 훔쳐본 일, 당예가 안 좋은 약을 먹였다고 한 일, 그리고 그 후로 이상하게도 자꾸만 여자들을 보면 괜히 부끄러움을 타는 일 등을 대략적으로 설명했다.

장건의 이야기를 들은 굉목이 물었다.

"너는…… 네게 이상한 약을 먹인 그 여자애가 좋으냐?"

"좋은지 안 좋은지는 모르겠어요. 하지만 저를 옹호해줬으니까…… 싫지는 않은 것 같아요."
 네가 나보다 나은 것 같구나.
 하마터면 굉목은 그 말을 입 밖으로 낼 뻔했다.
 장건이라면 아마 자신과 같은 상황에 있었다 하더라도 결코 선을 넘지는 않았을 터였다.
 '내가 무공이 부족한 탓이었을까, 아니면 수양이 부족한 탓이었을까……'
 둘 다 아닌 것 같다. 장건 같은 심성을 가진 아이였다면 그때에 여자가 화류계의 기생이라는 걸 알았더라도 생각을 고쳐먹지는 않았을 것이다.
 굉목은 대견한 눈으로 장건을 보았다.
 장건이 크긴 컸나 보다. 여자에 대한 고민을 자신에게 말할 정도로 말이다.
 물론 하필이면 상담하는 이가 승려라는 게 문제지만, 아마도 장건은 거기까지는 깊이 생각하지 못했을 것이다. 다만 가장 믿을 수 있고 편한 사람을 무작정 찾아온 것일 터다.
 굉목이 조용히 장건을 불렀다.
 "건아."
 "네?"
 묘하게 부드러운 말투에 장건이 바짝 긴장했다.
 "너도 이젠 더 이상 팔 년 전에 날 찾아왔던 어린애가 아니다. 자기 일에 책임을 져야 하는 어른이지."

"여자들만 보면 이상한 생각이 드는 건 역시나 제 잘못 때문이겠죠?"

그것이 장건이 굉목을 찾아온 진정한 목적이리라. 굉목이라면 당연하다는 듯 해답을 내어줄 거라고 믿은 것이리라.

그리고 굉목은 그런 장건의 믿음을 저버리지 않았다.

"남자가 여자를 좋아하는 것은 당연한 일이고, 여자가 남자를 좋아하는 것도 마찬가지다. 중이 평생 홀로 사는 것은 자연의 섭리를 거스르면서까지 수행에 매진한다는 의지를 보이기 위함이니라."

굉목의 말이 길어진다.

"하지만 말이다. 자꾸 벗은 몸만 생각하고 육체만을 탐닉하는 것은 옳지 않다. 사람에게는 마음이란 것이 있지 않으냐. 금수도 제 짝을 어여삐 여겨 평생 지조를 지키거늘 여체만 탐하는 것이 어찌 금수보다 나은 행동이라 하겠느냐."

"마음……."

"그 마음이 중요한 것이다. 네가 무공을 배울 때 무엇이 중요하다 하였는지 잊었느냐?"

"아! 심신의 조화요."

"그래. 마음에 따라 몸이 가는 것이야. 좋아하는 여인이 있고 그 여인 또한 널 마음에 두고 있다면 아내로 맞아들이는 것이 지당한 게다. 그러나 육체만을 탐한다면 이미 몸과 마음의 조화가 어긋난 것이지."

장건이 고민하며 물었다.
"여러 사람이 다 좋으면 어떡하죠?"
"그중에서 가장 진실된 네 마음을 찾거라. 어느 것이 네가 진정으로 원하는 것인지 찾아내거라."
장건이 어색하게 웃으며 머리를 긁었다.
"잘 모르겠어요."
"그걸 누구나 다 안다면 그것으로 고민하는 이는 세상에 한 명도 없을 거다."
긁적.
굉목이 갑자기 탁 트인 목소리로 말했다.
"내 보아하니 백리연이라는 아이가 널 좋아하는 듯싶구나!"
"네엣?"
장건은 놀라서 더듬거리면서까지 말했다.
"그, 그럴 리가 있나요? 우리 아빠를 괴롭히기도 했고 그래서 제가 혼내주기도 했는걸요. 그리고 음음…… 제가 알몸을 보기도 했고 그래서 화가 나 있는 것 같은데……."
"쯧쯧."
장건이 불만스런 얼굴로 되물었다.
"왜 혀를 차세요?"
"내가 아까 뭐랬느냐. 너는 이미 자신의 일에 책임을 져야 하는 어른이랬지?"
"……네."

"네게 알몸을 보인 여인이 어찌 다른 남자에게 시집을 갈 수 있겠느냐."

"하지만 누구에게도 말하지 않기로 했는데요?"

"이미 내게 말하였지."

"으악!"

장건이 항변했다.

"노사님이 아무 데나 말하지 않으실 거라 믿고 말씀드린 거라구요! 제가 함부로 막 소문내는 게 아니구요. 전 그냥 답답하고 힘들어서……."

"그래서 하는 말이다."

"근데 노사님도 마음이 중요하다고 하셨잖아요."

"마음은 중요하지. 그러나 책임을 지겠다는 것도 역시 마음이 아니냐?"

"그건 그렇지만……."

"세상에는 돌아가는 순리라는 것이 있다. 사람들끼리 어울려 살기 위해서 만든 규칙이 있다. 사람이 사람으로 살기 위해서는 때때로 마음보다 법을 우선시해야 할 때가 있지."

장건이 길게 한숨을 내쉬었다.

"그래도 그 여자아이가 널 정말로 싫어한다면 벌써 집으로 돌아갔을 게다. 괜히 널 자꾸 보려 하고 싫다는 기색을 내보일 필요도 없지 않겠느냐?"

"그런가아?"

"난 잘 모른다만, 그게 여자의 마음이라고들 하더라만. 먼저 사과를 하기는 싫고, 그러니 네가 먼저 와서 말을 걸어주기를 기다리는 게 아니겠느냐?"

"잘 아시는 것 같은데요?"

"……그렇지 않다."

"예에에에."

묘하게 끝을 늘린 말투에 굉목이 인상을 썼다.

"내려가라."

"잘못했어요."

"험!"

"헤헤. 제가 잘못했으니까 계속 얘기해주세요. 노사님하고 얘기하니까 속이 다 풀리는 것 같아요. 그래서요? 그래서요?"

이러는 장건이 싫지 않은 굉목이다.

"흐음, 그러니까 너도 잘 생각해보라 이거다. 그 애가 좋은지 안 좋은지. 미인이라는 얘기는 들었다만 꼭 얼굴이 예쁘다고 해서 네가 좋아할 리는 없을 테고."

"그렇죠. 예쁘다고 밥이 나오는 것도 아닌데요."

"그런데 내가 보기에는 너도 그 아이를 좋아하는 것 같구나."

"……."

"나한테까지 와서 털어놓을 정도로 마음에 걸린다는 건 너도 그 애를 생각하고 있다는 증거가 아니더냐?"

"하지만……."

"직접 가서 말을 걸어보면 알지 않겠느냐? 원래 여자는 싫은 것도 싫은 티를 내지 않고 좋은 것도 싫어하는 티를 낸다 하더라만."

굉목이 얘기는 해줄 수 있지만 직접 해결해야 하는 것은 어쩔 수 없이 장건의 몫이었다.

"그럼…… 영이는 어쩌죠? 제갈영이요."

"그 아이는 널 좋아한다 해도 네가 좋아하지 않으면 어쩔 수 없는 일이지."

장건은 차마 '사실은 영이의 알몸도 봤는데'라고 말할 수가 없었다. 그러면 책임을 지라는 말을 또 할 것 같았다. 사실상 제갈영이 '오라버니', '오빠' 하면서 친근하게 구는 것은 싫지 않았다.

어쨌거나 중요한 것은 백리연과의 문제를 남자답게, 어른으로서 해결해야 한다는 점이다.

"휴우우."

"좀 도움이 됐느냐?"

"많이요."

"그런데 왜 자꾸 한숨을 쉬어?"

장건이 울상을 지어보였다.

"지금 막 생각났어요. 저 밑에 사람들이 잔뜩 몰려 있는게요."

"왜?"

"모르겠어요. 무슨 무당의 무슨 도사님이라던데 저랑 비무를 하고 싶대요."
"근데 왜 사람이 몰려?"
"구경꾼들인가 보죠, 뭐."
굉목은 천천히 손을 올려 장건의 머리를 쓰다듬었다.
늘 구박하고 때리기만 하던 손이었다.
아니, 잘 생각해보면 잠결에 팔다리를 주물러주던 그 손이기도 했다.
그 손이 지금 장건의 머리 위에 얹어져 있다.
장건은 왠지 기묘한 기분에 휩싸였다.
"전…… 정말 노사님이 계셔서 다행이에요."
"그래……."
"나중에 제가 집에 돌아간대도 또 찾아올 테니까, 그때도 지금처럼 많이 구박해주셔야 해요. 아셨죠?"
"내가 지금 구박하는 것으로 보이느냐?"
"……아뇨."
굉목이 손을 내렸다.
"이제 그만 가거라."
장건은 일어서려 하지 않았다.
굉목이 한마디를 더했다.
"가서 네가 어른이라는 걸 보여줘라. 다시는 네게 덤비겠다는 사람이 안 나오게 흠씬 혼내줘."

"그러면 될까요?"

굉목은 말없이 고개를 끄덕였다.

장건이 일어나 웃으면서 크게 합장을 했다. 굉목이 작은 동작으로 마주 반장을 했다.

장건은 한결 개운해진 마음으로 담백암을 나설 수 있었다. 아쉬움에 몇 번이나 고개를 돌리기도 했다.

가만히 서서 자신을 지켜보는 굉목이 언제까지나 그 자리에 있을 것만 같았다.

장건은 갑자기 마음이 뭉클해졌다.

"노사님이 최고예요!"

장건은 그렇게 소리를 친 후, 후다닥 어람봉을 내려갔다.

장건을 지켜보는 굉목의 눈에는 어렴풋이 눈물이 들어찼다.

"망할 놈. 남녀 간의 일을 나 같은 중에게 와서 묻는 놈이 어디 있어."

장건의 해맑은 미소에 자꾸만 그때의 여승, 운려가 떠올랐다.

아니, 이미 장건이 오기 전부터 계속해서 여승을 생각하고 있었다는 게 옳을 것이다.

사실 장건에게 했던 이야기의 대부분은 다 자기 자신에게 하는 이야기였다.

그렇게 운려와 헤어진 이후, 굉목은 자꾸만 가슴속에 떠오르는 그녀의 모습을 잊을 수가 없었다.

처음에는 그게 죄책감이라고만 생각했었다. 색계를 범하지 않았다고 사문에 거짓말을 한 죄책감, 그녀를 범한 죄책감, 그녀를 잠시나마 경시했던 죄책감……

그러나 시간이 흐르면서 굉목은 그것이 죄책감이 아니라는 걸 깨달았다. 그것을 깨닫기까지, 스스로 인정하기까지 수십 년이라는 세월이 흘렀다.

고통스러웠다. 남들이 괴팍하다 할 정도로 혹독하게 자신을 다그치며 빠듯하게 하루를 살아야만 겨우 고통을 느끼지 않을 수 있었다.

그러다가 마침내 굉목은 그 여승을 연모하는 자신의 모습을 발견했다.

신기하게도 죄책감 같던 고통은 사라졌다.

그리고 새로운 고통이 굉목을 사로잡았다. 그녀를 한 번만이라도 보고 싶다는 간절한 마음, 그것이 번뇌가 되어 굉목을 괴롭혔다.

그것이 장건을 만나기 전까지 굉목의 삶이었다.

장건을 만나고 나서, 언제부터인가 굉목은 자주 그녀를 잊을 수 있게 되었다. 그게 잘못되었다는 걸 알면서도 한편으로는 다행이라고 생각했다.

문원에게 모든 사실을 털어놓으면서, 굉목은 또다시 고통에 사로잡혔다.

부질없는 삶. 얼마나 더 살 수 있을까?

그렇다면 그 전에 그녀를 보고 싶다…….

굉목에게 거리낄 것은 없었다. 그에게 소림은 사문이 아니라 그저 수행을 위해 몸담은 절이었고, 사부는 예전에 연을 끊었다.

그에게 남은 것은 장건 단 한 명뿐이었다. 십 년간 장건을 지켜주기로 한 그 약속만 해결된다면 더 이상 굉목의 앞을 가로막을 사유는 없을 것이다.

더 이상 장건에게 자신이 필요하지 않게 되는 날, 굉목은 소림을 떠날 작정이었다. 그 날이 머지않았음을 굉목은 알고 있었다.

'죽었는지 살았는지도 모르지만, 세상을 떠났다면 묘비에라도 가 내 몸을 묻으리라.'

굉목은 마음을 가다듬고 다시 암자의 방 안으로 들어갔다.

파계…… 그 무거운 형벌을 준비하기 위해서.

*   *   *

장건은 어람봉의 초입에 아까보다도 더 많은 사람이 기다리고 있는 걸 보고 혀를 내둘렀다.

"우와아. 정말 할 일 없는 사람들 많네. 노사님한테 걸렸으면 죄다 참선 행인데."

장건에게 도전을 했던 도사, 청인과 청우가 앞서 나와 있고 나머지 사람들은 오 장에서 십 장 정도 떨어져 구경하는 듯한

도전권 쟁탈전 241

모습이었다.

장건은 그 둘의 앞으로 가 섰다.

청인이 정중하게 부탁했다.

"장 소협. 아까는 빈도가 결례를 한 듯싶소. 다시 한 번 정중하게 부탁드리겠소이다."

평소에는 새로운 무공을 보고 겨루는 것이 딱히 싫지는 않은 장건이다. 그러나 사람들이 아무 이유도 없이 무작정 싸우자고 덤벼드는 것은 정말 귀찮은 일이다. 게다가 아까는 장건도 누구와 주먹다짐을 할 기분도 아니었다.

하지만 굉목을 만나고 나서 생각이 바뀌었다.

'딱 보니 거절하면 중원 끝까지라도 쫓아올 것 같은데, 차라리 한 번 비무를 해주는 게 낫겠어. 그러면 다시는 하자고 안 하겠지.'

청인이 들으면 '누가 누구한테 비무를 해준다고?'라며 분노했을지도 모르는 일이었다.

장건은 고개를 숙이며 합장을 했다.

"알겠습니다. 그럼……."

그때, 갑자기 한 사내가 군중 속에서 튀어나왔다.

"기다리시오!"

구경꾼들의 눈이 사내를 향했다.

"어? 철비각 종 대협이잖아?"

"그러게? 무슨 일이지?"

종유는 앞으로 걸어 나오며 청인에게 포권했다.

"종유라 합니다. 한 번도 뵌 적은 없지만 청인 도사님의 명성은 익히 들어왔습니다."

"무량수불. 저 역시 철비각 종 대협의 명성을 듣고 자못 흠모하던 차에 이렇게 뵙게 되는군요."

짧은 인사치례를 마치자마자 종유가 말했다.

"무례한 청인 줄 압니다만, 청인 도사께서는 이 비무를 저에게 양보해주실 수 있겠습니까?"

갑작스런 요구에 청인은 어리둥절했다.

그러나 그에게도 물러설 수 없는 사정이 있었다.

"죄송합니다. 안타깝게도 그 말씀을 들어드릴 수가 없겠습니다."

"저는 저 아이에게 빚이 있습니다. 혹시나 호기심 때문이라면 응당 제가 먼저 비무를 치루어야 정당한 일일 것입니다."

"호기심 때문이 아닙니다."

"그럼 왜 청인 도사님 같은 분이 소림의 속가 제자 아이에게 비무를 청하는 것입니까?"

"허허, 종 대협께서 빈도를 곤란하게 만드시는군요. 제게도 말씀드리기 어려운 사정이 있습니다. 제 볼일이 먼저 끝난 연후에 종 대협께서 다시 비무를 하시면 아니 되겠습니까?"

종유도 물러서지 않았다.

"혹여 저 아이가 부상을 입는다면 저는 몇 개월을 더 기다려야 합니다. 그럴 수는 없는 노릇입니다."

그러나 종유는 청인이 꼭 이길 수 있을 거라고는 생각하지 않는다. 명문 정파의 고수이니 강하다는 건 알지만 장건의 기이한 수법에 말리면 승부는 장담할 수 없다.

그럼에도 먼저 비무를 하겠다 우기는 것은 자존심과 체면 때문이다.

장건이 청인과의 비무에서 이긴 후에 비무를 청한다면, 이겨도 이기는 것이 아니다. 다른 사람들은 청인과의 비무 때문에 장건이 지쳐 종유에게 졌다 말할 것이다.

완벽한 몸 상태에서 다시 한 번 승부를 겨루어 이기는 것.

그것이 종유가 원하는 바다.

하지만 반대로 말하자면 청인 역시 마찬가지였다. 당장 사조를 데려가기 위해서는 기다릴 수가 없었다.

"저는 꼭 빚을 갚아야 합니다."

"무량수불…… 빈도 또한 양보하기 어렵다고 말씀드렸습니다. 비무는 제가 먼저 청한 것이기도 하구요."

"저는 아침 내내 비무를 청하기 위해 저 아이를 찾아다녔습니다."

두 사람은 한 치의 양보도 없었다. 서로 물러나지 않으니 조금씩 분위기가 좋지 않아진다.

그러나 그게 끝이 아니었다.

"두 분 선배께서는 제게 양보를 하셔야 합니다."

이번에 나선 이는 문사명이었다. 문사명은 방장에게 전언을 보내고 나서 무당의 도사들이 장건에게 도전했다는 얘기를 들었다.

아차 하면 선수를 빼앗길 참이라 급히 어람봉으로 오게 된 것이다.

청인과 종유는 '저건 또 뭐냐?' 하는 눈빛으로 문사명을 쳐다보았다. 하지만 문사명이 검성의 제자임을 알기에 함부로 대할 수가 없었다.

"화산의 기재 문 소협이시구려."

"과분한 말씀이십니다."

종유가 물었다.

"문 소협께서는 또 무슨 일이시오?"

"지난번 못다 한 비무가 남아 있습니다."

"못다 한 비무?"

문사명은 허량을 보고 포권했다.

"전에는 미처 환야 어르신을 알아뵙지 못했습니다."

허량이 사람들의 눈을 의식하며 입맛을 다셨다. 그의 정체(?)가 만천하에 드러난 셈이었다.

"환야?"

"환야 허량?"

"무당에서 절대 나올 수 없다는 사람이 왜 여기에 와 있지?"

소림에서 미처 허량을 보지 못하고 따라온 이들은 환야가 있다는 얘기에 놀랐다.

더구나 그들이 아는 환야가 아니라 새파랗게 젊은이였으니 더 놀랄 만도 하다. 그가 반로환동을 했다는 것도 그제야 사람들에게 퍼지기 시작했다.

"그래. 이제라도 알아봤으니 됐다."

"환야 어르신께서 지난번 장 소협과 저와의 비무를 말리셨던 것 기억하십니까?"

"뭐…… 그랬지."

사실 일방적으로 문사명이 장건을 공격한 것이기는 하지만 말이다.

"그러니 장 소협과의 비무는 제가 우선하는 것이 순리입니다. 다하지 못한 승부를 내야겠지요."

종유가 인상을 썼다.

"문 소협. 그렇게 따지면 내가 먼저가 아니오?"

문사명이 또박또박 대답했다.

"종 대협과 장 소협의 승부는 이미 끝난 것이 아니었습니까? 그렇다면 다시 차례를 기다리셔야지요."

종유의 안색이 굳어졌다.

"나는 아직 승패가 끝났다고 생각하지 않네만."

"남자가 어찌 남자답지 못하게 정당한 승부를 인정하지 못하시겠다는 것입니까!"

문사명으로서도 물러설 수 없는 이유가 있었다.

장건을 쓰러뜨려 남궁지에게 자신의 힘을 과시해야만 했다. 만일 그 전에 장건을 다른 사람이 쓰러뜨려 버린다면 문사명이 장건을 쓰러뜨린다 해도 남궁지는 큰 감흥을 받지 못할 것이었다.

"나이도 어린 사람이 말을 함부로 하는군! 사문의 힘을 믿고 본인을 능멸하려는가!"

언성이 높아진 종유를 문사명은 똑바로 쳐다보았다.

"굳이 연배를 따지겠다 하면, 종 대협은 제게 선배의 대접을 하셔야 할 겁니다."

문사명이 나이는 어리지만 검성의 제자다. 검성 윤언강이라면 가히 강호에서도 최고의 배분인데 그 바로 밑의 배분을 가지고 있으니, 사문이 없는 종유라 하더라도 문사명을 최소한 한 배분 이상의 선배로 대우해야 한다.

종유의 얼굴이 붉으락푸르락해졌다.

문사명이 축객하듯 내뱉었다.

"아셨으면 비켜서주십시오."

"그러지 못하겠다면?"

종유도 이미 감정이 상할 만큼 상했다. 백리연 때문에 소림의 정문에서도 난동을 부렸는데 검성의 제자라고 주눅이 들 그가 아니다.

문사명이 싸늘한 눈빛으로 맞받아쳤다.

"무인의 법으로 말할 수밖에."

문사명이 자기도 모르게 허리춤으로 손을 가져다 댔다. 그러나 아차 싶었다.

무기는 모두 소림에 맡겨둔 것이다.

그 모습을 보고 종유가 비웃었다.

"싸움에 나가는 장수가 자신의 무기도 챙기지 못했군. 내 주특기는 권각법이나 문 형제는 검인데 검이 없어서야 비무나 되겠소?"

"검이 없다고 비무를 할 수 없는 것은 아니오!"

문사명이 공력을 끌어올리며 오른손으로 검결지를 쥐었다. 검지와 중지 끝에 희미한 기가 어리더니 손끝이 가리키는 방향에서 흙먼지가 피어오른다.

파식!

검결지를 쥐어 검기를 발출한 것이다. 보이지 않는 검기가 한 자나 뻗어나가 바닥을 스쳤다.

구경꾼들이 모두 감탄했다.

"오오!"

종유도 가만히 당할 수는 없었다.

그가 공력을 끌어올리며 대응하려는 찰나.

웅후한 공력을 담은 목소리가 둘의 사이에 끼어들었다.

"본 파가 그렇게나 우스워보이는가?"

그저 지나가다 혼잣말로 툭 내뱉듯 하는 말투였지만, 그 안에 담긴 엄청난 공력에 봉우리가 흔들리는 듯했다. 이백여 군중들은 자신의 심장까지 울리는 목소리에 경악했다.

이만한 공력을 자유로이 뿌릴 수 있는 사람이 세상에 몇 없다는 걸 안다.

"우내십존!"

흰 수염을 허리까지 길게 기른, 마치 신선처럼 보이는 노인이 문사명의 곁으로 천천히 걸어간다.

"거, 검성이다!"

검성 윤언강이 어람봉에 나타난 것이다!

"사부님……."

윤언강은 문사명에게 고개만 슬쩍 끄덕인 후 시선을 종유에게 보냈다.

종유는 잔뜩 긴장했다. 조금 전 윤언강이 보인 한 수만으로도 아직까지 단전이 진동을 한다.

종유가 굳은 얼굴로 입을 다물고 윤언강의 시선을 마주했다. 사문에 속하지 않았다지만 그 역시 한 성에서 손꼽는 인물이다.

윤언강은 종유를 향해 가만히 손을 들어올렸다. 그의 손에는 어느새 한 뼘도 채 안 되는 솔잎이 들려 있다.

"자네 말을 듣고 있으니 화산은 검이 없으면 싸우지도 못하는 졸장부들만 모인 곳으로 보이는군. 그렇다면 이 솔잎이 내 검이라 하면 어떻겠나. 한 번 해볼 만하겠는가?"

검성은 검이 있으나 없으나 마찬가지인 경지에 있다. 제자인 문사명조차 검결지로 검기를 형성하는데 검성은 두말할 것조차 없다.

아마도 그의 손에 들린 솔잎은 그 어떤 보검보다도 날카롭고 예리한 검이 될 것이다.

하나 종유도 어차피 내친걸음. 당당히 가슴을 펴며 말했다.

"그런 뜻으로 말씀드린 것은 아닙니다. 그러나 그렇게 들렸다고 해도 변명하지 않겠습니다."

"멋진 기개다."

"역시 철비각이야."

구경꾼들은 종유의 태도에 다시금 감탄했다.

그래도 윤언강은 조금도 개의치 않는다.

"나는 그렇게 들었네. 그리고 나 윤언강은 이제껏 살아오는 동안 단 한 번도 본문을 욕보이는 자를 용서한 적이 없네."

사문을 욕되게 하는 것은 문하 제자가 할 일이 아니다. 비록 윤언강이 종유를 핍박하는 것처럼 보일지라도 그에게는 정당한 명분이 있었다.

더구나 그는 우내십존이며 검성이다. 화가 난 검성을 무슨 수로 말릴 수 있겠는가.

아니, 적어도 그중 몇은 소림에 있었다.

그리고 그중 한 명이 윤언강을 나무랬다.

"끌끌. 이건 뭐 애들 싸움에 어른이 나서는 꼴이라니."

윤언강의 얼굴에서 순식간에 핏기가 가셨다.

비어 버린 오른팔의 소매를 털레털레 흔들며 작고 왜소한 노인이 나타났다. 지독히도 날카로운 눈매를 가진 외팔이 검수, 청성일검이자 섬살야차라 불리는 풍진이다.

군중들의 탄성이 곳곳에서 터져나왔다.

"와아아……!"

검성에 환야에 청성일검까지, 평생에 한 번 보기도 힘든 사람들을 한자리에서 보게 된 것이다.

평소에는 친한 사이라 하더라도 뭇 사람들이 보는 앞에서 조롱을 당한 윤언강의 얼굴 표정이 좋을 리 없었다.

"자네는 뭐 하러 왔는가?"

풍진은 여전히 혀를 차며 말했다.

"무슨 재밌는 일이 생겼다 해서 와봤더니 자네가 재미난 일을 막으려 하기에 한마디 좀 한 거지."

풍진이 슬쩍 고개를 돌리더니 허량을 보고 빈정댔다.

"너는 무당에서 출금령(出禁令)을 받은 놈이 도대체 무슨 생각으로 소림에 도망 와서는 싸움이나 붙이고 다니는 거냐?"

문파의 일이 아니라면 자신의 체면에 크게 연연 않는 허량이지만 풍진의 가시 돋친 말에 기분이 상했다.

사실 청우, 청인과 장건을 싸움 붙인 것은 즉흥적인 생각에 불과했다. 그런데 그 일이 이렇게까지 크게 번질 줄이야 전혀 생각하지 못한 허량이었다.

그렇다고 이제 와서 '재미 삼아!'라고 말했다가는 쓸데없이 싸움이나 붙이고 돌아다니는 주책 맞은 노인이 되어 버릴 터였다.

어쨌거나 말로든 기세에서든 풍진에게 지고 싶은 생각도 없었다.

"똥 묻은 놈이 겨 묻은 놈 나무란다고, 너는 핏덩이 애한테 칼질까지 한 놈이 나한테 뭐라는 거냐?"

"나는 다 그만한 사정이 있었지."

"아, 누군들 그렇게 말 못할까?"

청우가 곁에서 허량을 말렸다.

"사조님. 진정하십시오."

"이놈아! 내가 뭘 진정을 해! 진정을 해야 할 건 저놈들이지!"

풍진이 클클대며 말했다.

"네가 오죽이나 못 미더우면 사손들이 저러겠냐."

"허허. 팔이야 두 쪽이니 하나쯤 잘라도 하나가 남는다만, 그놈의 혓바닥은 하나밖에 없는데도 겁을 모르는구나?"

"돌아가기 싫다고 괜히 애먼 애들 괴롭히지 말고 어여 가라. 아니면 내가 지금 당장에라도 등선시켜주리?"

"이놈의 자식이……."

풍진과 허량의 눈빛이 허공에서 불꽃을 튀겼다.

홍오에게 원한을 가지고 있던 풍진인지라 홍오와 어울려 다니던 허량을 좋게 보지 않았다. 홍오가 무당에 고자질을 해 허량이 무당에 갇힌 신세가 되고 둘의 사이가 틀어졌을 때에도 고소해하던 그다.

풍진과 허량의 기세가 자못 사납자 군중들이 흠칫 놀라 뒤로 물러난다.

청인과 문사명, 장건이 싸우는 것도 아니고 우내십존 중의 둘이 시비가 붙었다. 아차 하는 사이에 목숨을 잃으면 어디에 가서 하소연 할 데도 없을 것이었다.

그러나 그때, 절묘하게 둘의 사이를 가르며 누군가가 뛰어들었다.

"사부니임—! 그만 좀 하세요!"

도관을 쓴 중년의 도인인데 무당파의 복식이 아니었다. 약간 통통해보이는 체구의 중년 도장이 풍진과 허량의 사이에 끼어들며 둘의 기세를 흩뜨려 버렸다. 아니, 흩어놓았다기보다는 몸으로 받았다.

둘의 서릿발 같은 기세에 중년 도장의 옷 여기저기가 베이고 혈흔이 비쳤다.

그의 등장에 깜짝 놀란 것은 다름 아닌 풍진이다.

"아니, 저놈이 왜 여기에?"

소림으로 오면서 떨어뜨려놓았던 제자였다. 앞을 막으면 베고 가겠다며 으름장을 놓고는 깜박 잊었었는데 지금 앞에 나타난 것이다.

"아직도 청성으로 돌아가지 않았냐!"

사람 좋아 보이는 인상의 중년 도장이 절박한 어조로 소리쳤다.

"제가 사부님을 두고 어떻게 혼자 돌아갑니까."
"저 망할 놈이 사부 망신을 다 시키는구나!"
중년 도장이 갑자기 한 손으로 장건을 가리켰다. 장건은 '엥?' 하고 놀라 슬쩍 옆으로 몸을 비켰다. 아까부터 많은 사람들이 마구 난입하는 탓에 장건은 별 말도 못하고 멀뚱히 서 있던 중이었다.

중년 도장이 외쳤다.

"사부님도 제가 저 아이를 쓰러뜨리면 청성으로 돌아가실 겁니까? 그렇다면 제가 당장에 저 애를 쓰러뜨리겠습니다. 그럼 되지요? 그러면 되지요?"

풍진은 기가 막혀서 입을 다물지 못했다.

군중들이 술렁였다.

"누구야?"
"청성일검의 제자라는데?"
"제자? 섬살야차가 제자를 다 뒀어?"
"몰라, 나도."

청우, 청인이나 문사명만큼 유명하지도…… 그렇다고 강호에서 크게 명성을 쌓은 이도 아니었기에 사람들이 잘 알지 못했다.

우내십존씩이나 되니 제자는 두었겠지, 하고 생각하면서도 이름이 알려지지 않은 사실에 사람들은 새삼 놀랐다.

특히나 풍진은 청성에서도 툭하면 폐관에 들어 자신의 공부에만 매진했다. 그래서 더더욱 제자가 있었다는 사실이 뜬금없이 여겨졌던 것이다.

허량이 껄껄대고 웃었다.

"제 놈이 잘난 듯 이리저리 비꼬아 대더니 정작 제 놈도 제자에게 짐덩이였구나!"

화가 난 풍진이 중년 도장에게 버럭 소리를 질렀다.

"이―노옴, 송덕! 네가 감히 사부의 얼굴에 먹칠을 하느냐!"

그제야 사람들은 그 중년 도장의 도명이 송덕이라는 걸 알았다. 그러나 아무리 생각해보아도 강호에서 송덕이란 무인의 활약상은 들어본 적이 없었다.

그도 그럴 것이, 송덕은 풍진이 말년에 장문의 청에 못 이기고 억지로 받아들인 제자였다.

제자로 받아들이긴 했지만 제대로 가르치지도 않았다. 가끔 한두어 수 가르쳐주었을 뿐, 송덕은 내내 폐관 수련에 들어간 풍진을 하염없이 기다리는 신세였다.

그러니 강호행을 할 여력이나 기회 같은 것은 송덕에게 그저 허황된 이야기일 뿐이었다.

송덕이 무릎을 꿇고 통곡했다.

"차라리 절 그냥 이 자리에서 목을 베어주십시오. 이렇게 청성을 버리시려거든 저부터 버려주십시오!"

진정성이 느껴지는 간곡한 어조였다.

풍진이 청성을 버리겠다고까지 하면서 소림에 찾아와 장건에게 칼질을 한 것은 누구나 다 아는 사실이었다. 그렇게 애정이 없는 사부를 끝까지 모시려는 송덕의 말에 군중들은 큰 감명을 받았다.

군중 중에는 자기도 모르게 코끝이 찡해져서 눈물이 고인 이도 있었다.

당황한 풍진이 인상을 구겼다.

"멍청하고 미련한 놈! 계집애처럼 눈물이나 질질 짜서 사부를 욕보이는 덜 떨어진 놈!"

송덕이 눈물 자국을 지우지도 않고 일어났다.

"무당의 존장께서도 그리 하시기로 했다면 사부님도 제게 약속을 하십시오. 제가 장건이란 아이를 이긴다면 사부님께서도 저와 같이 돌아가시겠다고요! 약조하지 않으시면 전 그냥 이 자리에서 죽겠습니다."

"허어어!"

풍진은 사람들의 앞에서 뭐라고 더 말하지도 못하고 헛웃음만 지었다.

참으로 애매한 상황이 되고 말았다.

허량이 단순한 생각으로 시작한 일에 여러 사람들의 관계가 얽혀 복잡해져 버린 것이다.

청인과 문사명은 사조와 사부가 나선 탓에 섣불리 끼어들 수 없는 입장이었고, 종유는 우내십존 중의 셋이 서로 간에 말을 하는 데에 끼어들 수가 없었다.

군중들도 쉽사리 상황을 정리하지 못했다. 그냥 비무나 하면 되지 왜 이런 상황까지 오게 되었는지 다들 이상하게 생각할 뿐이었다.

그중에서도 가장 충격을 받은 것은 다름 아닌 장건이다.

'역시 노사님의 말씀이 맞았어!'

굉목이 말했었다.

"네가 어른이 되었다는 걸 보여줘라. 다시는 네게 덤비겠다는 사람이 안 나오게 흠씬 혼내줘."

아무리 눈치 없는 장건이라도 이제 무당 도사들이 어느 정도는 강호에서 대단한 사람들이라는 걸 알 수 있었다.

'으아아…… 진작 비무를 했어야 했어.'

만약 조금 귀찮았더라도 소림 외원에서 무당 도사의 비무를 받아들였다면 지금의 이 애매한 상황까지는 오지 않았을 게 아닌가!

지면 지는 거고, 아니면 확 이겨 버려서 다른 사람들이 덤비지 못하게 확실히 실력을 보여주었어야 했었다.

'아아, 역시 일이란 미루면 안 되는구나.'

장건은 백리연의 일도 더불어 생각했다. 자꾸만 미뤘더니 오히려 더 불편하게만 되지 않았는가.

'노사님이 예전에 매일 내게 가만히 있지 말고 움직이라고

했던 것도 다 이런 깊은 뜻이 있었던 거야.'

장건은 결심했다.

이런 일이 생기면 다시는 미루지 않기로.

'그나저나 이젠 어쩌지?'

이러지도 저러지도 못하는 상황.

거미줄처럼 얽힌 인연들.

만일 그때에 원호가 적절히 등장하지 못했다면 사람들은 매우 애매하고도 불안한 심정으로 한참을 그 자리에 있었어야 했을지도 몰랐다.

"다들 멈추어주십시오!"

멀리서부터 전력으로 달려온 원호가 공력을 끌어올려 소리를 높이며 장내로 뛰어들었다.

멀리에서 그가 보기에는 마치 많은 무인들이 싸우려 하는 듯 보였던 것이다.

그리고 그 장면을 처음 보았을 때 원호는 이렇게 생각했다.

'내 이럴 줄 알았다!'

장건과 관련된 일이 결코 조용히 넘어갈 리 없는 것이었다.

검성 윤언강이 먼저 입을 열었다.

"마침 잘 왔네. 우리 사명이가 방장 대사께 부탁했을 텐데, 자네가 정리를 좀 해주게나."

문사명과 장건이 비무를 하도록 해달라는 뜻이었다. 윤언강이 한마디를 덧붙였다.

"오래전 나는 홍오와 제자들끼리 승부를 겨루게 하기로 약조한 바도 있네. 오늘이 아니면 또 언제 그 약조를 지킬 수 있겠나."

당연히 허량이 나설 리 없으니, 청인과 청우가 그에 질새라 나섰다.

"대사님. 장 소협에게 가장 먼저 청을 한 것은 저희입니다. 부디 옳은 판단을 내려주시기 바랍니다."

"아미타불…… 그것이……."

종유도 한마디했다.

"내 비록 소림에 부끄러운 짓을 했으나 무인으로서의 마지막 자존심을 지키도록 해주시오."

"아, 그게……."

풍진의 제자, 송덕도 울부짖으며 원호에게 매달렸다. 그는 정말로 원호의 다리를 붙들었다.

"청성을 보아서라도 제 사부님을 모시고 갈 수 있게 해주십시오! 청성은 소림의 큰 은혜를 결코 잊지 않을 것입니다."

풍진이 일갈했다.

"이놈아! 난 이제 청성으로 안 돌아간다니까! 왜 이래?"

원호는 정말 당황했다.

다른 사람은 대략 무슨 말을 하는지 알겠는데 지금 이 중년 도장의 말은 이해할 수가 없었다.

원호가 이해하거나 말거나 송덕은 눈물까지 흘리면서 원호의 다리에서 떨어지지 않았다.

원호는 어떻게 해야 할지 망설였다.

실수로라도 말을 잘못하면 일촉즉발의 상황에 기름을 끼얹는 격이 될 거라는 건 잘 알고 있었다.

그를 주시하는 수백 쌍의 눈이 따갑게 가슴으로 파고드는 듯했다.

'내가 결정할 수 있는 사안이 아니다.'

원호가 발에 붙어 있는 송덕을 애써 신경 쓰지 않으려 노력하며 반장을 했다.

"아미타불. 이곳에 계신 모든 시주 분들께서는 잠시 본사로 돌아가 기다려주시기 바랍니다."

아마도 당연한 판단이었을 테지만, 한창 재밌어질 찰나이기도 했던 터라 군중들의 실망은 이만저만이 아니었다.

"곧 회의를 주재하여 사안을 결정할 터이니, 지금은 조용히 돌아가주십시오."

실망한 군중들이 하나둘 돌아가기 시작했다.

"에이."

"뭐야, 잔뜩 기대하고 왔는데."

"아직 다 끝난 것도 아닌데 뭘 그러나?"

"하긴…… 그건 그렇지."

"빨리 돌아가서 소림의 발표를 기다리세. 자느라 못 데려온 친구 놈들에게도 이 얘기를 해줘야겠네."

"하여간 장건이 대단하긴 대단해. 서로들 비무하겠다고 우내십존까지 나서서 저러는 거 보면."

"그러게 말일세."

군중들이 수군거리면서 돌아가고, 남은 이들도 하나둘 소림으로 돌아갔다.

검성과 청성일검, 환야도 제자들을 데리고 돌아갔다. 물론 그 전에 협박하듯 원호를 째려보는 것도 잊지 않았다.

"후우."

그 많던 사람들이 한 번에 썰물처럼 빠져나가자 원호는 긴장에 길게 숨을 내뱉었다.

그러나 아직 끝난 게 아니었다.

원호는 이를 갈며 장건을 째려보았다.

'이 녀석의 잘못이 아니라는 건 알지만…… 그래도 정말 골치 아픈 일만 떠안겨주는구나. 에잉!'

한데 백번 고개를 숙여도 모자랄 장건이 오히려 원호를 밉살스럽다는 눈으로 보는 게 아닌가!

"왜 그렇게 날 보느냐?"

"사백님 미워요."

"뭐라고?"

"살아도 같이 살고 죽어도 같이 죽는다면서, 왜 제가 오줌 쌌다고 말하셨어요? 그래서 애들이 저보고 오줌싸개라고 놀리잖아요."

원호는 기가 막혔다.

"그건 나도 그랬…… 아니지. 사실 그건 내가 그런 게 아니라…… 아니아니! 지금 상황에 넌 왜 그런 생각을 하는 거냐!"

"이젠 미루지 않기로 했어요."

"응?"

장건이 갑자기 기지개를 펴듯 팔을 쭉 폈다.

"하아, 역시 미루지 않고 하고 싶은 말을 하니까 속이 시원하구나."

"……"

우내십존 중의 세 명이 티격태격하고 자기와 싸우고 싶단 사람들이 눈을 부라리고 있는 와중이었다.

그런데 뭐가 저 애를 이런 상황에서도 태연하게 만드는 걸까?

원호는 어이가 없었지만, 장건에게는 그게 아니었다.

당장의 고민은 고민이고 미뤄둔 일은 또 하나씩 빨리 해야겠다는 생각에 말을 한 것뿐이었다.

"아아! 어른 되기 정말 힘들다."

원호가 이해할 수 없는 말을 중얼거린 장건은 예의 딱딱한 걸음으로 본산 경내를 향해 걸음을 옮기기 시작했다.

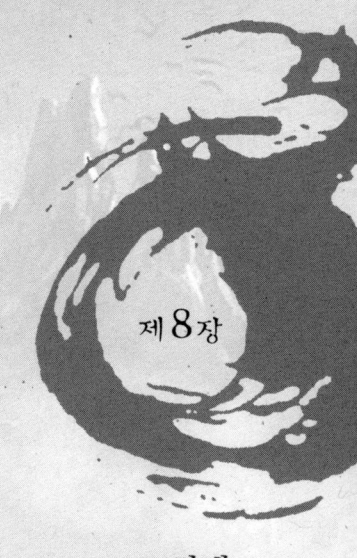

제8장

화해

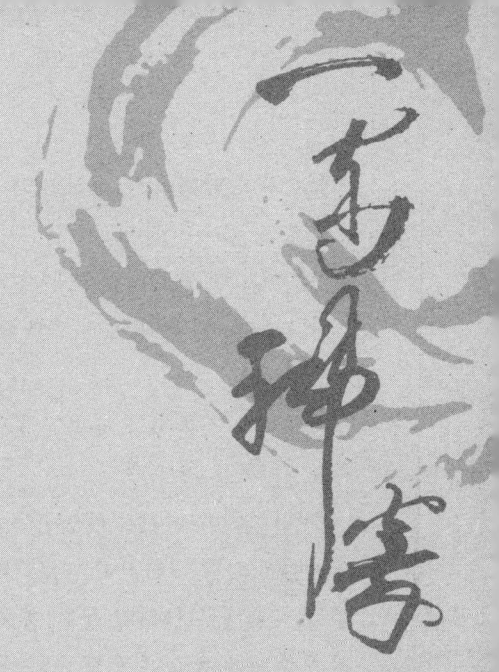

　일개 제자, 그것도 속가 제자의 비무 때문에 소림의 수뇌부들이 머리를 맞대고 회의를 한다.
　과거 소림의 역사상 이런 일이 몇 번이나 있었을까?
　단순한 비무에서 비무로 끝나는 것이 아니기에 더더욱 수뇌부는 골치를 썩고 있다.
　"어렵군요."
　누군가의 탄식이 모든 이들의 공감을 얻어낸다.
　장로 중 한 명이 물었다.
　"그래, 아무도 양보하지 않겠답디까?"
　"그렇습니다."

원호가 대답했다.

다른 장로가 말했다.

"그냥 한 명씩 차례로 비무를 하면 안 되겠소?"

안 된다는 걸 알면서도 해본 말이다. 그만큼 답답하다는 뜻이었다.

가뜩이나 자존심과 체면이 중요한 무인들인데 각자의 사연까지 겹쳐 있다.

"지난번에야 건이가 베인 정도의 상처로 끝났지만……."

이번엔 다들 하나같이 내로라하는 고수들이다. 비록 장건과 일합도 제대로 넘기지 못한 종유지만 그 또한 상당한 고수라 같은 수법에 똑같이 당할 거라는 보장이 없다. 무언가 믿는 게 있으니 도전하는 것일 터였다.

현재의 가장 큰 문제는 장건이 누군가에게 먼저 지거나 혹은 크게 다치는 일이었다. 그렇게 되면 다음 상대는 며칠에서 수 주까지 기다려야 하게 되거나, 혹은 장건과 싸우는 의미가 없어진다.

그래서 다들 먼저 싸우려 악다구니를 쓰는 것이다.

그것뿐인가?

우내십존 중 셋이 관계된 일이다. 누가 먼저고 누가 뒤에 하느냐는 당장 우내십존과 그들이 속한 문파의 체면에까지 영향을 끼칠 수 있다.

그걸 알기에 방장 굉운도 비무의 순서를 쉽사리 결정할 수가 없다.

지장왕전의 원림이 의견을 내놓았다.

"우리의 결정에 누군가는 반드시 이익을 보고 누군가는 반드시 피해를 본다면, 한 가지 방법밖에 없습니다."

승려들의 눈이 원림을 향했다.

원림이 자신 있게 고개를 끄덕였다.

"아예 무림대회를 여는 겁니다."

원림의 말에 승려들이 침음성을 냈다.

"흐음. 무림대회라…… 확실히 그 방법 외에는 없다 생각하지만."

보현전주 굉음이 말했다.

"하지만 무림대회라 한다면 좀 더 많은 인사들과 지인들을 초청해야 하지 않겠는가? 본사에 많은 이들이 와 있다고는 하나 아직 오지 않은 이들도 적지 않네. 이 인원으로 무림대회를 개최한다면 우리만의 잔치가 되고 말지도 모르네."

반대 의견도 있었다.

"말도 안 되는 일이지. 장건이란 아이 하나를 두고 무림대회를 열자니. 아무리 본사의 제자라 해도 제 얼굴에 금칠하는 짓이 되어 욕이나 먹을 게 뻔하네."

그 말도 일리가 없지는 않았다. '한 문파나 집단의 수장 자리를 걸고 하는 무림대회'도 아니고 '소림의 속가 제자 장건에게 도전하기 위한 무림대회'라니…….

스스로 생각해도 얼굴이 붉어지는 이야기였다.

특히나 도감승 굉정은 극구 반대였다.

"무림대회? 지금 뭔 말들을 하시는 거요?"

"말 그대로가 아닌가. 사제가 잠시 딴생각을 했나본데……."

"그게 아니라, 내 말은 본사의 사정이나 알고 무림대회니 뭐니 하시냐는 겁니다. 본사는 그럴 만한 여력이 없어요!"

백의전주 굉충이 물었다.

"여력이 없다니?"

도감승 굉정은 침까지 튀면서 열변했다.

"지금 그만한 재정 상태가 안 됩니다! 무림대회를 열려면 각 문파에 초청장도 돌려야 하고 그에 걸맞게 숙소와 음식을 준비해야 합니다. 또 중원 전역에서 대회에 맞추어 오려면 적어도 삼사 개월 이상은 소모될 건데, 그럼 지금 소림에 와 있는 손님들은 어쩝니까? 그 사람들더러 갔다가 다시 오라고 할까요? 계속 소림에 죽치고 무림대회만 기다릴 텐데, 그때까지 양식은 어떻게 조달하라고요!"

다른 승려가 물었다.

"그렇다고 정식 비무를 요청한 마당에 거절할 수도 없지 않습니까."

"아니, 이 사람들이? 돈이 없어 쩔쩔매던 때가 언제인지 벌써 잊었나? 정식 비무 따위 내가 알 바가 아니지. 내가 아는 건 확실히 지금 소림은 무림대회를 열 입장이 아니라는 거야!"

 소림의 전체 재정을 맡은 도감이 한 말이라 다들 머쓱하게 헛기침만 했다.

"살림이 좀 나아지나 했더만 그 망할 독선 때문에 천 명이나 되는 환자가 발생하지 않았소! 그때 나간 지출도 아직 못 메꾼 마당이오. 당가에서는 약재나 잔뜩 싸짊어지고 왔지, 식재료는 다 우리가 부담했소이다."

 굉충이 '험험' 기침을 하며 말했다.

"그래도 이번에 꽤 많은 희사를 받은 것으로 아네만."

"사형이 몰라서 하는 소리요. 처음 올 때 한 번 쥐꼬리만큼 희사를 한 사람들이 지금 몇 주째 본사에 머물고 있는 줄 아시오? 그때 받은 건 벌써 다 까먹고 곳간까지 탈탈 털었소."

"아무리 그래도 소림이 무림대회 한 번 못 치를까."

 굉정은 제대로 화가 난듯 자리에서 벌떡 일어서기까지 했다.

"아, 지금 당장 공양간으로 가보라니까? 거기 애들은 이 겨울에 일어나서 눈뜨자마자 매일 산에 가서 먹을 수 있는 풀을 죄다 뜯어 오느라 손톱이 깨지고 동상까지 걸렸소. 이 상태로 무림대회를 열었다간, 내 장담하는데! 찾아오는 손님들에게 풀죽도 제대로 못 먹이고, 소림이 소림인지 개방인지도 모르게 될 거요."

 굉운이 씁쓸한 얼굴로 굉정을 말렸다.

화해 269

"알았으니 이제 그만하게나."

굉정은 한참이나 씩씩거렸다.

"나는 분명히 말했소, 방장 사형. 지금으로서 무림대회 같은 거창한 일은 무리라고. 그리고 저 밖에 있는 사람들을 일주일 안에 내보내지 않으면 조만간 우리는 개방의 거지들과 마주하게 될 겁니다."

굉정의 마지막 말이 마치 저주처럼 들려와 승려들의 간담을 싸늘하게 만들었다.

긴나라전의 원상이 굉정 때문에 조금은 풀이 죽어 조심스럽게 의견을 내놓았다.

"무림대회가 안 된다면 다른 방법이 없습니다. 제비뽑기를 하든지, 아니면 서로 승부를 가리게 해 최종 승자와 건이가 비무를 하게 만들든지요."

나한전주 굉소가 말했다.

"아까 말한 것처럼 각 문파의 자존심과 체면이 걸린 문제일세. 겨우 속가 제자 아이 한 명에게 도전하기 위해서 화산과 무당, 청성이 경합을 한다면 세상 사람들이 화산과 무당, 청성을 어떻게 생각하겠는가? 그쪽에서도 그것을 원하지 않으니 서로 먼저 하겠다 아우성을 피우는 것이네."

"어차피 싸우겠다고 의지를 보인 것은 그들이 먼저 아닙니까."

"그쪽이 의지를 보였으나 선택과 판단은 우리 몫이 되었지."

 정작 당사자들이야 그런 생각까지 하고 일을 벌인 것은 아닐지 모르나, 비무를 주관하는 입장이 되어 버린 소림에서는 모든 것을 고려해야 하는 골치 아픈 일이 되고 말았다.

 선뜻 결정하기 어려운 문제였다.

 지루한 의견이 오고가는 가운데 회의는 점점 더 길어질 수밖에 없었다.

 그 사이 소림에는 장건의 비무에 관한 얘기가 완전히 퍼져 나가 있었다.

 당시 상황을 지켜본 구경꾼들을 제외하고서도 다른 이들까지 소림의 결정을 기다리게 된 것이다.

 그러나 소림의 결정은 좀처럼 발표되지 않았고, 사람들은 지침과 동시에 불만을 터뜨리기 시작했다.

*　　　*　　　*

"도대체 언제 비무를 하는 거야?"
"고작 비무하는 것 가지고 너무 오래 시간을 끄는 거 아냐?"
"이보게. 말 조심하게. 고작 평범한 비무에 우내십존이 끼어들었겠는가?"

 발표가 자꾸만 미뤄지자 사람들은 삼삼오오 모여서 미리 상대에 대한 분석을 하기도 했다. 어떤 대진이 되어도 그야말로 흥미진진한 대결일 터였다.

"청인이나 청우 도사는 두말할 것도 없는 무당의 중견 고수야. 아무래도 경험상에서 따지자면 장건이 불리하지."

"나도 그렇게 생각하네. 청우 도사만 해도 오 년 전에 사대명창 중 한 명인 양지득과 백 초 동안 승부를 내지 못했다고 들었거든. 결국 먼저 패배를 시인했다고는 하네만."

"양지득이라면 거의 우내십존의 무력에 근접했다는 초고수가 아닌가! 그런 고수와 백 초 동안 겨루었다는 것도 엄청난 일이지."

"에이, 아무리 그래도 철비각 종유를 한 방에 날려 버린 장건이라면……."

"원래 고수는 한 번 당한 수법에 또 당하지 않는 법이라네. 그러니까 자신이 있어서 철비각이 다시 싸우겠다는 거 아니겠어?"

"하기사, 장건의 수법이 너무 특이하긴 하단 말이야. 처음 접하는 수법이라면 아무리 철비각이라도 당할 수밖에 없었을 테지."

"아무튼 빨리 보고 싶어 죽겠네."

남자들의 경우와 여자들의 경우는 약간 달랐다.

"문 대협, 정말 잘생기지 않았니?"

"너무너무 잘생겼지. 근데 너 그거 알아?"

"뭐?"
"소문을 들으니까 문 대협이 남궁가의 소저를 좋아하고 있다지 뭐야!"
"어머머! 그게 정말이야?"
"그래. 그래서 이번 비무도 남궁가의 소저를 걸고 싸우는 거래."
"아아, 정말 부럽다. 멋있어."
"그뿐이니? 한 번 패배했던 종 대협도 백리연 때문에 또다시 도전하잖아."
"아이 참, 그래도 어떻게 문 대협과 종 대협을 비교하니. 검성의 제자에…… 잘생기고 젊은 문 대협인데 말야."
"그렇게 대단한 사람들이 장 소협과 싸우기 원한다니…… 하아, 정말 지금의 강호에서는 장 소협이 제일이구나."
"당연하지. 그 콧대 높은 백리연까지 장 소협의 주변에서 얼쩡거리는 게 괜히 그러는 거겠어?"

대부분은 그렇게 무당과 화산, 그리고 종유에 관한 이야기들이었다.

풍진의 제자인 송덕은 가끔 한마디씩 등장할 뿐 거의 나오지도 않았다.

사람들의 이러한 반응에 지극히 불편해진 한 사람이 있었다.

우내십존의 일인이면서 거의 주목받지 못하고 있던 검왕 남궁호였다.

애초에 장건이란 아이와 남궁지를 이어주기 위해 온 것이긴 하지만, 사람들의 온 관심이 다른 이들에게 쏠려 있는 건 결코 달갑지 않은 일이었다.

남궁호는 숙소로 돌아가자마자 큰 소리를 냈다.

"상이를 불러오너라!"

그러나 이곳은 소림이지 남궁가가 아니었다. 그리고 남궁호는 달랑 남궁상과 남궁지만 데리고 왔다.

"……끄응!"

남궁호는 결국 직접 남궁상을 찾아 숙소로 끌고 와야 했다.

"넌 지금 뭘 하고 있는 거냐!"

영문도 모르고 끌려온 남궁상은 화가 난 남궁호의 말투에 살짝 기어들어가는 목소리로 대답했다.

"타 문파의 자제들과 교류를 하던 중이었습니다."

"그래! 그들이 뭐라더냐?"

날이 선 남궁호의 말에 남궁상은 눈치도 없이 있는 그대로 대답했다.

"아, 할아버님도 아시는지 모르겠는데요. 장건이란 아이를 두고 서로 비무를 하려고 한답니다. 지금 누가 누구와 대련을 하느냐, 또 누가 이기겠느냐 하고 아주 의견이 분분하던 와중이었습니다."

남궁호의 이마에 힘줄이 돋았다.

"좋드냐?"

"네?"

"그런 얘기가 나오니 좋더냐고."

"좋은 것보다는 기대가 돼서……."

"모자란 놈!"

"예?"

남궁호는 화를 겨우 억눌렀지만 언성이 절로 높아지는 것은 어쩔 수 없었다.

"사람들이 모두 장건과 검성의 제자 문사명, 그리고 무당을 말하고 있는 것이 그렇게 듣기가 좋더냐?"

"아뇨, 전……."

"네가 누구냐!"

남궁상은 정신이 번쩍 들었다.

"대 남궁가의 후손입니다!"

"내가 누구냐!"

"할아버님, 아니 검왕입니다!"

"그래! 그런데 그 검왕의 손자는 대체 뭘 하는 거냐! 사람들이 환야와 검성의 제자 이름을 부르는 동안 검왕의 손자는 무얼 하고 있는 게야!"

그제야 남궁상은 남궁호가 왜 화를 내는지 알 수 있었다.

"하지만……."

"사람들의 입에서 네 이름이 나오게 만들어야지, 왜 다른 놈들의 이름만 잔뜩 나오게 만들어!"

문사명의 신위를 직접 본 남궁상이다. 남궁상의 실력도 부족한 편이 아니나 문사명의 무위에는 다가서기 어렵다.

하나 지금 그런 말을 했다가는 남궁호에게 맞아죽을지도 몰랐다.

"할아버님. 하지만 저는 장 소협에게 딱히 비무를 청할 만한 이유가……."

"다른 놈들은 이유가 있어서 그랬을까?"

남궁호는 남궁가가 다른 문파에 뒤쳐지는 것이, 그리고 검왕의 이름이 다른 우내십존의 이름에 묻혀지는 것이 싫었다.

"없으면 만들어라. 네가 어떤 이유를 대더라도 네가 내 손자인 이상 누구도 널 무시하지 못할 것이다."

마치 최후의 통첩 같은 단언이었다. 남궁호가 이렇게까지 나오는데 남궁상이 '저는 장 소협에게 한 방 감밖에 안 되는데요.' 라고 말할 수도 없었다.

한 방 감도 안 되는 건 아니다. 장건은 누구든 한 방에 쓰러뜨렸으니까.

'아마 나도 한 방에 나가떨어지겠지.'

남궁상은 차마 속마음을 말하지 못하고 고개를 끄덕였다.

"알겠습니다. 할아버님."

"가봐라. 내 귀에 네 이름이 들려오게 만들어. 반드시!"

"예!"

남궁상은 기운차게 대답했으나 남궁호에게서 걸음을 돌리는 순간 고개를 푹 떨구었다.
 '난 죽었구나.'

*   *   *

 그 시각, 장건은 백리연을 찾아 돌아다니고 있었다.
 할 일을 미루지 말자! 라는 생각에 의해 비무 전에 확실히 해두고 싶었던 것이다. 비무야 할 때가 되면 알려줄 것이니 별로 걱정하지 않았다.
 "개똥도 약에 쓰려면 없다더니…… 에이, 그래도 사람을 개똥에 비교하면 안 되지."
 자신을 보며 수군대는 사람들도 있었고, 이것저것 물어보려는 사람들도 있었지만 장건은 적당히 그런 이들을 피해 백리연을 찾아다녔다.
 그러다가 눈에 뜨인 것은 백리연이 아니라 남궁지였다.
 "안녕."
 "어, 안녕."
 "……."
 "……."
 지난번에도 같이 있던 게 기억난 장건이 물었다.
 "백리…… 소저 혹시 어디 있는지 알아?"

"백리연?"

남궁지의 표정이 살짝 굳었다.

"한참 전에…… 저쪽으로 갔어."

남궁지가 가리킨 방향을 본 장건이 '어?' 하고 중얼거렸다.

"저기는 아빠가 있는 곳인데?"

"……그렇구나."

남궁지가 살짝 끄덕거렸다.

백리연이 다짜고짜 어디론가 간다 싶었더니 장건의 부친을 찾아간 모양이었다.

"제법……."

공략해야 할 대상이 장건이 먼저가 아니라는 걸 안 모양이었다.

장건은 남궁지가 가리킨 방향으로 걸었다. 외원의 끄트머리에 있는 전각들이 보였다. 장도윤이 머물고 있는 숙소였다.

* * *

장도윤은 난감해하고 있던 중이었다.

백리연이 찾아온 지 벌써 이각도 더 넘었다.

따라놓은 차에는 손도 대지 않았다. 그렇다고 찾아온 용건을 말하는 것도 아니고 그저 가만히 앉아만 있었다.

가만히 앉아 있는 백리연은 과연 아름답기는 했다. 무표정한 듯하면서도 수심에 찬 눈망울이라든가, 지그시 아래로 내려깐 눈은 뭇 남자들을 설레게 하기에 충분했다.

그러면서도 감히 범접할 수 없는 도도함과 고고함이 전신에 흐르고 있었다. 마음이 설레였다고 해서 함부로 말을 걸기 어려운 기품이 있었다.

그러나 자꾸만 그 도도한 모습에, 장건에게 맞아 팔다리를 널브러뜨리며 쌍코피를 줄줄 흘리고 있던 모습이 겹치고 만다.

아마 처음에 그런 일이 없었더라면 장도윤도 백리연을 며느리로 삼았으면 좋겠다고 생각했을지도 몰랐다.

'이건 독선을 따라하는 것도 아니고······.'

그러나 독선과 강호제일미. 무공이나 명성을 떠나서 장도윤에게 부담감이나 불편함은 비슷했다.

어쩔 수 없이 장도윤이 먼저 말을 꺼냈다.

"백리 소저. 무슨 일 때문에 찾아오셨소?"

백리연이 무언가 말하려고 입술을 달싹이다가 다시 닫는다.

"혹시······ 저번의 일 때문에 그러하다면······ 내 일단 사과를 하겠소."

백리가와의 관계를 생각해서라도 적당히 넘어가는 게 나을 거라고 생각한 장도윤이었다.

그러나 백리연은 갑자기 깜짝 놀란 얼굴로 소리쳤다.

"아니, 제게 사과를 하시면 어떡해요!"

"에……?"

과도한 반응에 장도윤은 움찔했다.

'이젠 사과를 하는 것조차도 꼬투리를 잡으려는 건가?'

기우였다.

백리연은 다소곳이, 전혀 경망스럽지 않게 이마를 짚으며 한숨을 내쉬었다.

"소리쳐서 죄송해요. 무슨 말을 해야 할지 생각하느라……."

백리연이 가만히 고운 눈을 들어 장도윤을 바라보았다. 이미 한 번 데인 적이 있는 장도윤은 백리연이 왜 이러나 하고 불안하기까지 했다.

"아버님."

"……."

장도윤은 너무 놀라서 반응이 늦었다.

"으헉!"

어찌나 놀랐는지 심장이 다 벌렁거렸다.

백리연이 차분한 모습으로 일어섰다. 그러고는 의자에서 내려와 바닥에 대고 큰절을 했다.

"소녀가 아버님께 못할 짓을 저질렀습니다. 부디 세상 물정을 모르는 철없는 아이의 치기 어린 행동이라 생각하고 용서해주세요."

"이, 이러지 마시오."

"아닙니다. 소녀가 한 짓을 생각하면 이보다 더한 일을 해서라도 아버님의 마음을 풀어드리고 싶습니다. 아버님께서 용서해주시기 전에는 일어나지 않겠습니다."

"어허……."

장도윤은 난감했다.

사실 백리연이 잘못한 것보다는 옆에서 입을 나불거리던 학사의 탓이 더 컸다. 그가 이간질을 시켜 댄 탓에 백리연이 그런 행동을 했을 수도 있었을 것이다.

그 정도는 그렇게 이해할 수 있었다.

하지만 그렇다 하더라도…….

아버님이라니!

'이게 무슨 날벼락 같은 소리냐?'

장도윤은 일단 아직도 엎드려 있는 백리연에게 의자를 권했다.

"자, 우선은 좀 앉으시오."

백리연이 고개를 들었다.

은하(銀河)처럼 초롱거리는 눈빛에 기대감이 가득했다.

"소녀를 용서해주시는 것이옵니까, 아버님?"

"쿨럭."

자기도 모르게 사래가 들려 기침을 한 장도윤이 대답했다.

"살면서 실수 한 번 하지 않는 사람이 어디 있겠소."

"아아…… 그럼!"

백리연이 두 손을 맞잡고 영롱한 눈빛으로 장도윤을 바라본다.
 장도윤이 백리연의 눈빛을 외면했다.
 "하지만……."
 백리연이 고개를 숙이고 다시 엎드렸다.
 "아버님."
 "허어, 이것 참. 이러지 마시오."
 "용서해주시기 전에는 소녀, 이렇게 있겠습니다."
 "소저. 소저가 무슨 생각으로 이러시는지는 모르나……."
 "아버님께 용서를 구하고 싶은 마음뿐입니다."
 "……."
 장도윤이 어느새 이마에 배어나오는 땀을 닦으며 말했다.
 "그러니까 왜 나 같은 필부에게 아버님이라 부르는지는 모르겠으나……."
 "낭군의 생부께 필부라니요! 당치도 않습니다."
 장도윤은 입을 딱 벌렸다.
 다리에 힘이 풀려 의자에 주저앉았다.
 혹시나 했는데, 역시나였다.
 주저앉은 채 장도윤이 말했다.
 "나는 말이오…… 무림의 일을 알지도 못하는 상인이라오. 하지만 다른 부모들처럼 내 아들이 행복했으면 하는 마음만은 있다오."
 "아……!"

백리연은 안타까운 탄성을 내뱉었다.

일부러 연기하는 것이 아니었다. 자신이 이렇게까지 했는데 장도윤의 마음이 흔들리지 않고 있다는 사실에 절망적인 생각이 들었던 것이다.

예전의 그녀였다면 '뭐, 이딴 게 다 있어?' 하고 콧방귀를 뀌며 방을 나가 버렸을지도 몰랐다. 그런데 가슴을 두근거리게 만드는 무언가가 그녀의 발목을 자꾸만 바닥에 묶어놓고 있었다.

장도윤이 여전히 난감한 표정으로 말을 이었다.

"소저는 내 아들이 아니라도 더 좋은 혼처를 얻을 수 있지 않소. 게다가 첫 대면시에 내 아들놈이 소저에게…… 그…… 불민한 행동을 한지라……."

백리연은 서서히 몸을 일으켰다. 하지만 의자에 앉지는 않았다. 그대로 바닥에 앉아 똑바로 장도윤의 시선을 받아냈다.

"그것은 제가 따로 아드님께 사과를 받을 것입니다. 하지만 그 전에 제가 아버님께 한 행동에 대해 먼저 용서를 구하는 것이 옳은 일이라 생각했습니다."

"으음."

장도윤은 백리연의 말에 낮은 신음소리를 냈다.

옳은 말이다.

'다른 사람들을 무시하는 듯한 성격은…… 어쩔 수 없었겠지. 어렸을 때부터 금이야 옥이야 자랐을 테니.'

그런 성격만 제외하면 사리분별이 명확해보인다. 당차기도 하고 똑똑하기도 하다.

무엇보다 미인이니 눈에 넣어도 아프지 않을 손주를 낳아줄 것도 같고.

"음……."

장도윤은 고민이 되었다.

"사실 지금도 소저가 진정으로 하는 말인지 의심스럽기는 하다오."

장도윤이 흔들리는 모습을 본 백리연은 지금이 아니면 다시 기회가 없을 거라는 걸 알았다.

백리연은 이제껏 살아오면서 뭔가를 간절히 원하거나 바래 본 적이 없었다. 무언가를 원한다고 말만 하면 저절로 누군가가 그것을 가져다주었다.

그러나 지금은 누구도 그녀에게 그녀가 원하는 것을 가져다 주지 않는다.

원하는 것을 얻기 위해서는 그만한 대가를 지불해야 하는 법이다.

백리연은 입술을 질끈 물었다.

'진심을 보여야 해.'

어떻게?

백리연은 그렇게 자문해보았지만 방법이 딱히 떠오르지 않았다.

'진심을!'

그 순간, 백리연은 거의 바닥에 엎어지다시피 하며 장도윤의 발치에 몸을 내던졌다. 이것이 그녀가 할 수 있는 최선의 진심 어린 행동이었다.

"어허, 이러지 말라니까……."

한데 때마침 장건이 장도윤의 방 안으로 들어왔다.

"아버……!"

"아빠."

멈칫!

백리연은 몸을 날리며 절규하는 듯한 자세 그대로 굳었고, 장도윤도 백리연을 말리려다가 멈추고 말았다.

털퍼덕.

백리연은 장도윤이 잡아주지 않아 그대로 바닥에 엎어졌다.

"……."

엎어진 백리연이 잠시 그대로 있다가 천천히 몸을 일으켰.

무슨 일이 있었냐는 듯 흐트러진 옷매무새를 가다듬고 머리카락을 매만졌다.

그러고는 예의 그 도도한 자세로 장건을 바라보았다. 지금의 모습만 본다면 방금 뭔가 애타게 절규하며 장도윤에게 매달리던 사람이 아니라 전혀 다른 사람으로 보일 지경이었다.

백리연은 약간 고개를 치켜든 고고한 모습으로 장도윤에게 살짝 고개를 숙여 인사했다.

화해 285

"그럼……."

백리연은 장건에게 더 이상 눈길을 주지 않고 방을 나가려 했다.

장도윤이 외쳤다.

"잠깐!"

백리연이 상체를 돌려 장도윤을 보았다.

장도윤이 어색하게나마 최대한 웃어주었다. 그러고는 고개를 끄덕였다.

아주 잠깐이었지만 백리연의 얼굴에 미소가 번졌다. 백리연은 장도윤을 향해 허리를 숙여 길게 읍을 하고는 방을 나갔다.

"무슨…… 일이에요?"

어리둥절해하는 장건에게 장도윤이 다그쳤다.

"빨리 따라 나가봐라."

"네? 제가 왜요."

"어허! 따라가보래도?"

장건은 이상하다는 얼굴로 백리연을 쫓아갔다. 백리연이 방문을 나서서 막 수화문을 지나기 전이었다.

"잠깐만요."

장건은 백리연이 멈추지 않을 것 같았지만, 백리연은 놀랍게도 자리에 멈춰 섰다.

"얘기 좀…… 해도 돼요?"

끄덕.

백리연은 수화문 근처의 정자로 걸음을 옮겼다.

둘은 작은 정자 근처를 산보하듯 거닐었다.

장건에게는 매우 어색한 자리였지만 백리연은 그렇지도 않은 듯, 나무를 만지거나 하면서 자연스럽게 행동하고 있었다.

입가에는 옅은 미소까지 머금고 있어서 장건은 백리연이 전혀 다르게 보였다.

"음…… 음……."

장건은 백리연의 분위기에 압도되어 쉽게 말을 내지 못하다가 용기를 내서 물었다.

"우리 아빠한테 말했어요?"

"뭘요?"

"음…… 지난번에 있었던 일요."

백리연의 볼이 순식간에 붉게 물들었다. 목까지도 빨개졌다.

장도윤에게 얘기하지 못할 일이라면 법당에서의 목욕 사건밖에는 없다.

그때를 생각하니 부끄러워져서 얼굴이 간질거리는 듯했다.

"아뇨."

장건이 얕은 한숨을 내쉬었다.

"고마워요."

백리연은 그런 장건을 물끄러미 보며 물었다.

"내게 고맙다는 말을 하기 전에 해야 할 말이 있을 텐데요?"

"소저께서도 먼저 할 얘기가 있지 않나요?"

장건이 하고 싶은 이야기가 무엇인지 알고 있다는 듯 백리연이 곧바로 대답했다.

"아버님께는 이미 용서를 구했어요."

"그럼 아빠를 찾아온 게……."

백리연은 고개를 끄덕였다.

"그래요. 이제 소협의 차례예요."

"그러니까 그게……."

장건은 망설이다가 숨을 크게 들이쉬고는 말했다.

"미안해요."

"뭐가요?"

"……."

"뭐에 대해서 미안한지도 모르면서 사과를 하는 건가요?"

장건이 대답을 못하자 백리연이 살짝 걸음을 옮기며 말했다.

"나는 이날 이때까지 한 번도 그런 대접을 받아본 적이 없었어요. 물론 뭇 사람들의 앞에서 이만한 망신을 당한 적도 없었죠. 하물며 남자들도 얼굴을 들고 다니기 부끄러울 정도의 창피를 여자가…… 그것도 제가 당한 거죠."

백리연은 장건에게 말하는 듯했지만, 사실 그것은 자기 자신에게 하는 말이었다.

장도윤을 만나기 전에는 그저 장건에게 사과를 받고 싶은 마음 정도라고 생각했었다. 자신을 만신창이(?)로 만든 장건만큼은 꼭 자신의 앞에서 머리를 숙이게 하고 싶었다. 그래서 장도윤에게 용서를 구하러 가는 것도 어렵지 않았다.

'하지만……'

백리연은 찬찬히 장건을 뜯어보았다.

장건은 가공하지 않은 원석이다.

세상에 때 묻지 않아 순순한 원석.

그러니까 백리연에게 그런 행동을 할 수 있었고, 부친을 위해 몸을 내던질 수도 있었던 것이다.

'내 남자가 된다면 나만을 위해서도 그렇게 해주겠지. 앞으로 어떻게 길들이느냐에 따라 충분히 달라질 거야.'

제대로 못 먹어서 비리비리한 외모는 중요하지 않다. 백리연에게 중요한 것은 그녀만을 아껴주고 지켜줄 수 있는 남자다. 역사에서처럼 제 명을 다하지도 못하고 사는 뭇 미녀들처럼은 살고 싶지 않다.

장건이 그녀의 남자가 된다면, 부친을 위해 그랬던 것처럼 검림(劍林)에라도 뛰어들 것이다.

'그래서였는지도 모르겠네.'

장건에게 알몸을 보였을 때 설레었던 것이 마치 운명처럼 여겨진다. 아무리 입단속을 한다 해도 그런 일이 있었던 이상 백리연은 장건에게 얽매일 수밖에는 없으니까.

하지만 백리연은 시아버지라면 모를까, 남편에게까지 기가 눌려 살 수는 없었다.

지금처럼 도도한 행동을 취하는 것도 그 같은 이유였다.

이를테면 기 싸움이랄까?

백리연이 한참 후에 입을 열었다.

"전 세상 사람들에게 부끄러운 모습을 보였을 뿐 아니라, 한 남자만을 위해 보여야 할 민망한 부분까지 소협에게 보이고 말았어요. 자, 말해봐요. 이제 어떡할 거죠?"

보통 남자라면 십중십은 '내가 책임지겠소!' 라고 말하는 게 정상이다.

백리연도 그런 대답을 기대했다.

그러나 벗은 몸을 봤다고 책임을 져야 한다면 장건은 그때 법당에 있던 소녀들 모두를 책임져야 할지도 모른다. 물론 제대로 보인 것은 백리연뿐이지만 말이다.

장건이 머쓱한 얼굴을 했다.

"사실은…… 거기까지는 생각 못했어요."

백리연은 기우뚱해서 하마터면 넘어질 뻔했다. 그렇다고 그녀가 먼저 '나랑 혼인하면 되잖아!' 라고 말할 수는 없는 노릇이다.

애써 침착한 모습으로 돌아온 백리연이 말했다.

"좋아요. 그럼 우선은 내게 용서를 구하세요."

"아까부터 미안하다고 말하는 중이었는데요?"

"그래도 난 용서하지 못하겠어요."

장건이 '쩝' 하고 입을 다시더니 합장했다.

"그럼 어쩔 수 없죠."

그게 아니잖앗!

백리연은 속이 부글부글 끓었다. 하나부터 열까지 가르칠 게 너무 많은 것 같다.

"말로만 대충 때우려고 하지 말아요. 난 소협의 아버님께 용서를 구하려고 무릎까지 꿇었어요."

"그럼 저도 무릎 꿇을게요."

"나한테 무릎을 꿇어서까지 용서를 받고 싶은 거예요?"

"그래야 좀 마음이 편해질 것 같아서요."

괜히 화가 난 백리연의 언성이 조금 높아졌다.

"남자가 왜 함부로 무릎을 꿇겠다는 거예요!"

"에? 하지만 소저가……."

"남자는 아무 데서나 무릎을 꿇어서는 안 돼요. 가문의 어르신들이나 당신을 가르쳐준 사부님, 그리고 당신이 정말로 좋아하는 여자의 앞에서만 무릎을 꿇어야 하는 거예요!"

마지막 부분에서는 약간의 개인적인 생각이 들어가 있었지만, 백리연은 장건이 그것까지 알아챌 수는 없다는 걸 알았다.

당연히 장건은 '그렇다면 지금 꿇겠소!' 라는, 백리연이 듣고 싶어 하는 말을 하지 않았다.

"아…… 그렇군요."

백리연이 푹푹 끓는 속을 달래며 말했다.

"듣자하니 무당과 청성, 화산에서까지 비무를 요청했다죠?"

"네. 그래서 누구부터 먼저 비무를 할지 고르는 모양이에요. 전 별로 상관없는데."

"상관이 없다면 이길 자신은 있는 거고요?"

"지는 건 싫지만 질 수도 있잖아요."

"내가 지금까지 한 얘기를 뭘로 들은 거예요? 남자는 함부로 무릎을 꿇어서도 안 되지만, 싸움도 하기 전부터 진다고 생각을 해서는 안 되는 거라구요!"

"진다는 생각은 안 했어요. 그냥 질 수도 있다고 했죠."

백리연은 장건이 모르게 살짝 한숨을 쉰 후 말했다.

"좋아요. 그럼 다 이기세요. 누가 상대가 되든 지지 말고 다 이겨요. 하면 그때 용서해줄게요. 그게 내 조건이에요."

장건이 조금 고민하는 듯하다가 물었다.

"정말 그거면 돼요?"

"그래요. 누구에게도 지지 않는 사람만이 내 남자가 될 자격이…… 아니라, 저한테 용서받으려면 그렇게 하세요."

마지막 말끝이 지나칠 정도로 싸늘한 것은 자기도 모르게 본심이 나올 뻔했기 때문인지도 몰랐다.

장건도 이상하다 생각했지만 고개를 끄덕였다.

"알겠어요."

"지켜보고 있겠어요."

"이길 수 있도록 해볼게요."

"해보는 게 아니라 반드시 그렇게 해야 해요."

백리연은 그렇게 말을 하고는 그대로 몸을 돌려 가 버렸다.

혼자 남은 장건이 '휴우우' 하고 숨을 내뱉었다. 첫 대면부터 꼬여서 그런지 여전히 대하기 어렵다.

"이상하다."

불편한 관계의 해결책은 찾았는데 조금도 마음이 편해진 것 같지 않았다.

"왜 그럴까?"

괜히 눈에 제갈영의 모습이 어른거리면서 죄책감 비슷한 것이 느껴졌다.

제갈영과 백리연을 번갈아 생각하던 장건은 갑자기 백리연이 부친의 앞에서 엎어져 있던 모습이 떠올랐다.

"풋……!"

그래 놓고 아무렇지 않은 양 일어나던 백리연이었다.

장건은 조그맣게 웃었다.

"조금…… 귀엽네."

어쩌면 아주 나쁜 애는 아니지 않을까? 일부러 사람들이 보는 앞에서만 무섭게 구는 건 아닐까?

"아, 내가 이런 생각을 하면 안 되는데."

장건은 자신이 했던 말을 얼버무리면서 고개를 세차게 흔들었다.

제9장

모용전의 계책

남궁상은 하늘이 노랗게 보였다.

재수 없으면 청인과 붙거나 문사명과도 붙어야 하는데 도저히 자신이 없었다.

철비각 종유만 해도 그렇다. 직접 목전에서 무지막지한 위력의 섬뢰분연각을 보았다. 거기에 맞으면 십중팔구 즉사할 게 뻔하다.

'그래…… 차라리 장 소협에게 맞아 며칠 누워 있는 게 낫지. 죽지는 않을 거 아냐.'

기백 명을 쓰러뜨렸는데도 백리연만 빼고는 피 한 방울 흘린 사람이 없었다.

며칠 지나고 나서 모두 멀쩡한 얼굴로 돌아가거나 소림에 남았다.

그렇게 생각하니 조금은 마음이 놓인다.

하지만 대기하는 사람들이 줄줄이 서 있는데 무슨 수로 장건과 비무를 할 수 있을까?

남궁상은 고민을 품고 외원 외곽에 있는 정원으로 향했다. 남궁호에게 불려오기 전 그곳에서 다른 사람들과 친분을 다지던 중이었다.

정원의 한켠 정자에 여러 명의 젊은 남녀들이 자리하고 있었다. 남궁상 또래의 이들이다.

'다행히도 아직 안 돌아들 갔구나.'

정자에 있는 남녀들은 이른바 팔대세가에서 모인 젊은이들이었다. 팔대세가는 세가(勢家)라는 말이 아깝지 않을 정도로 구파일방에 뒤지지 않는 무력과 권세를 가지고 있다.

가문이라는 특성상 구파일방과 달리 폐쇄적인 성향이 짙고 강호가 아닌 중원의 정세에 따라 팔대세가가 되었다가, 혹은 밀려났다가 하기도 한다.

그러나 팔대세가에 꼽힌다는 것은 그만큼 현재 위세를 떨친다는 뜻이기도 하기에 자부심도 대단한 것이다.

때문에 보통 팔대세가의 후손들은 대부분 끼리끼리 어울리는 일이 잦았다. 물론 이번에야 소림을 찾아온 목적이 다들 있는 만큼 다른 곳에서처럼 자주 모이진 않았지만.

곧 남궁상이 한숨을 푹푹 내쉬면서 정자로 올라섰다.

"나 왔소."

"아니, 남궁 형? 안색이 왜 그럽니까?"

덩치가 꽤 있는 험악한 인상의 청년이 남궁상을 보며 물었다.

"팽 형, 말도 마시오. 오늘 하여튼 나 죽는 날이오."

험상궂은 인상의 청년은 하북 팽가의 자제로 한 자루 도를 쓰는 팽탁이다. 인상은 험악해도 남자답게 호방한 성격을 가지고 있어 은근히 인기가 높았다.

팽탁의 곁에 있던 황보가의 황보윤이 까르륵대며 웃었다. 귀여운 얼굴에 장난기가 가득했다.

"할아버님께 불려가더니 혼이라도 나고 오셨나 봐요?"

"그렇게 됐소."

남궁상이 씁쓸하게 대답하자, 한편에 앉아 있던 사마가의 사마성이 심각한 얼굴로 되물었다.

"웃을 일이 아닌가 본데? 남궁 형, 말해보시오. 대체 무슨 일이오?"

남궁상이 어색하게 웃으며 답했다.

"할아버님께서 제게 장 소협과 비무를 해 명성을 떨치라 하시더이다."

"허!"

"어머!"

여기저기서 탄식에 가까운 탄성이 흘러나왔다.

양소은이 기가 막힌다는 얼굴로 말했다.

"구대문파의 고수들이 우르르 순서를 기다리는데 거기 가서 또 줄을 서란 말인가요?"

"줄을 서라는 것도 아니고 어찌하든 이름을 날려보라 하시더군요. 도대체 나더러 어떻게 하란 말씀이신지 모르겠소. 후우우."

한쪽 구석에 가만히 앉아 있던 남궁지가 물었다.

"……할아버지가?"

"그래. 날 잡아드시려고 아주 혈안이 되셨더라."

갓 열아홉이 되어 아직은 앳된 티가 나는 황보윤의 남동생 황보구가 말했다.

"골치 아픈 문제군요. 그냥 냅다 달려가서 싸우자고 할 수도 없고. 형님께서 힘드시겠습니다."

"뭐, 사는 게 다 그렇지."

"다른 분도 아니고 검왕 어르신의 말씀이니 거역할 수도 없겠군요."

"그러니 내가 이렇게 걱정하는 거 아니냐."

그의 말에 구석에서 차를 홀짝이던 모용전이 나섰다.

"그냥 달려가서 싸우자고 하면 안 되는 이유는 무엇이오?"

양소은은 또 저 인간이 왜 시비를 거나 생각하며 답했다.

"당연한 거죠. 그랬다가는 당장 무당과 화산은 물론이고 청성과의 관계까지도 악화될 텐데요. 순서를 빼앗겼다고 크게 자존심이 상할걸요?"

모용전이 찻잔을 놓고 일어났다. 그러고는 정자의 바깥쪽을 천천히 걸으며 입가에 웃음을 지었다.

"다들 잘못 생각하고 있는 게 있는데, 우리가 구파에 밀려야 할 이유는 전혀 없소. 우리가 이렇게 스스로 패배자인 양 궁상을 떨고 있으니 그들이 우리를 무시하는 게 아니오?"

빈정대는 듯한 모용전의 말투에 양소은이 발끈했다.

"어이, 모용 소협. 말이 좀 심한데요?"

"내 말이 듣기 거북하다면, 내가 사실을 말했기 때문이오."

"그럼 모용 소협은 우리 모두가 달려가서 비무를 하겠다고 떼라도 써야 옳다는 거예요, 뭐예요?"

"아, 그것도 좋은 방법이긴 하나 성공 가능성은 거의 없을 것 같소만."

사마성이 소리가 나도록 탁자를 쳤다.

탁!

"그리 말하시는 모용 형은 비무를 한다 해도 이길 자신이나 있소? 철비각 종유와 백 명의 무인들을 홀로 상대한 장 소협이오. 우리 모두가 덤벼도……."

사마성은 자존심이 상하는지 끝까지 말을 하지는 않았다.

팽탁이 인상을 찡그리며 사마성에게 말했다.

"사마 아우! 철비각 따위가 뭐 대단하다고 그딴 말을 지껄이는 건가?"

팽가와 종유의 사이는 그리 좋지 않다. 팽가에서 노리던 자들을 종유가 처리하는 바람에 팽가의 꼴이 우스워졌던 탓이다.

"팽 형, 난 그저 현실적인 얘기를 했을 뿐입니다. 팽 형을 무시하고자 한 말이 아닙니다."

"내 앞에서 철비각을 거론한 것만으로도 나와 본가를 무시하는 셈일세!"

"그렇지 않습니다. 물론 팽 형의 벽력도라면 철비각이야 아무것도 아니겠지요. 하지만 우리 중에 누구도 철비각을 일 초로 쓰러뜨릴 수 있는 사람은 없지 않습니까."

"흥! 나는 사마 아우가 좀 더 호기로운 사람인 줄 알았건만!"

팽탁이 자리에서 일어섰다.

"내가 가겠소. 내가 가서 비무를 청하고 오겠소. 아니, 그 자리에서 당장 장건을 쓰러뜨려 보이리다."

모용전이 끼어들었다.

"진정하시오."

"모용 형까지 나를 업신여기는 것이오?"

모용전은 대답 대신 옅은 미소를 지었다. 팽탁이 울컥해서 소리를 지르려는 찰나, 모용전이 말했다.

"여기 모인 분들 중에는 몇 번 얼굴을 뵌 분도 있으나 소림에 와 처음 만난 이도 있소. 하지만 우리들의 공통점은 세가에서 모두 인정받는 실력을 가졌다는 거요. 장 소협의 무위가 대단하다고는 하나 직접 싸워보기 전에는 이긴다 진다 확신할 수 없다는 뜻이오."

"당연히 그렇지!"

"하지만 그것도 비무가 성사되어야 가늠해볼 수 있는 일이요."

모용전에게 생각이 있어 보이자 팽탁은 입을 다물었다. 모용전이 계속해서 말을 이었다.

"비무의 승패도 중요하나 가장 중요한 것은 비무의 성사요. 우리가 만약 장 소협과의 비무를 성사시킬 수 있다면 무당과 화산, 청성은 그야말로……."

모용전이 비릿하게 웃었다.

"시궁창에 빠진 기분이 될 것이오."

팽탁이 큰 소리로 맞장구를 쳤다.

"그거 좋구려! 그네들은 닭 쫓던 개가 되겠군!"

모용전이 조금 더 말에 힘을 실었다.

"왜 우리 팔대세가가 이번 일에 쏙 빠져야 하오? 당가가 왜 소림에서 야반도주를 하듯 쫓겨나야 하오? 우내십존 중에 독선과 검왕, 두 분이나 계셨는데도 왜 모든 것이 구대문파 위주로 돌아가야 하냔 말이오."

"구대문파가 우릴 무시하기 때문이지!"

"그렇소. 그러니 우리가 그들에게 한 방 먹여주는 것이오. 우리가 먼저 비무를 성사시키면 구대문파는 적잖이 체면이 손상될 거요. 더불어 우리가 설 자리는 더 커질 테고."

양소은이 물었다.

"이봐요. 그럼 그 중요한 비무는 어떻게 성사시킬 거예요? 설마 아무 생각 없이 한 말은 아니겠죠?"

"당연하오."

"어떻게 할 건데요? 일이 잘못되면 우리는 물론이고 구대문파와의 관계가 심각하게 악화될 거예요."

모용전이 싱긋 웃었다.

"나는 장 소협에게 비무를 청하지 않을 것이오. 오히려 장 소협이 비무를 청하게 만들 것이오."

"에?"

황보윤이 눈을 동그랗게 뜨고 물었다.

"물론 그렇게 된다면 구대문파도 할 말이 없겠지만…… 그게 가능하겠어요?"

"여기 모인 분들이 힘을 합치면 충분히 가능한 일이오."

모용전이 탁자를 양손으로 짚으며 앞으로 몸을 내밀고 자신의 계획을 말했다.

"당가와 백리가가 빠졌으니…… 우선 우리 중에서 제갈가의 소저와 비무를 할 사람이 필요하오."

양소은이 깜짝 놀라며 되물었다.

"제갈가라면 제갈영?"

"그렇소."

"제갈영과 비무를 한다구요?"

"그렇소. 물론 이 중에서 제갈 소저와 비무를 해 질 만한 이는 없을 거요. 그러나 아주 혹독하게 몰아붙일 수 있는 사람이 필요하오."

모용전이 잠시 말을 끊었다가 덧붙였다.

"보는 사람이 화가 나서 참을 수 없을 정도로 몰아붙일 수 있는 사람."

그 말이 상징하는 바는 의미심장했다.

"아아!"

황보윤이 탄성을 질렀다.

"정말 모용 소협의 계책은 대단하군요!"

제갈영과 장건의 관계를 소림에서 모르는 이가 없다. 만약 그런 제갈영을 비무라는 빌미로 괴롭히면 장건은 어떻게 행동할까?

두말할 필요도 없는 일이다.

황보윤이 주위를 휘휘 둘러보며 말했다.

"아무래도 여자여야 할 테니, 소은 언니나 지 동생…… 그리고 저밖에는 없군요."

양소은이 떨떠름하게 손을 내저었다.

"뭐야, 나는 그런 거 못해. 강한 사람도 아니고 꼬맹이를 어떻게 괴롭혀."

모용전이 양소은에게 시선을 주었다.

"사실 이번 일에 가장 적합한 것은 양 소저요."

"난 나보다 약한 사람하고는 안 싸워요. 차라리 건이라면 모를까."

"그럼 그렇게 하시오."

황보윤이 손을 들었다.

"저요저요! 제가 할래요. 옛날부터 그 건방진 애를 혼내주고 싶었어요. 맨날 남자 옆에서 엉덩이를 살랑살랑거리는 게 짜증났거든요."

황보구가 황보윤을 거들었다.

"어차피 제갈가는 재작년에 팔대세가에서도 빠졌잖아. 누나가 좀 혼내줘도 제갈가에서는 아무도 뭐라고 못 그럴걸?"

"흥. 자기 가문의 여식을 하나 달랑 보내놓고 코빼기도 안 비치는 거 봐라. 관심도 없단 얘기야."

제갈가에 복잡한 문제가 생긴 탓이었지만 모용전은 굳이 그런 이야기를 하지 않았다.

모용전이 고개를 끄덕였다.

"그럼 그 문제는 해결됐고……."

팽탁이 나서서 물었다.

"남은 건 내가 장건과 싸우면 되는 건가?"

"그렇소."

"당장 준비를 해야겠군!"
"서두르지 마시오. 준비할 일이 더 있소."
"뭐요?"
모용전이 남궁지에게 시선을 옮겼다. 남궁지는 빤히 모용전을 쳐다보았다.
"남궁 소저가 해주셔야 할 일이 있소. 이것은 정말 남궁 소저만이 할 수 있는 일이오."
남궁지가 가만히 고개를 끄덕였다.
"비무의 참관인으로 검성의 제자인 문 소협을 청해와야 하오."
남궁지의 눈이 순간적으로 흔들렸다.
"왜……?"
사마성이 되물었다.
"아니, 구대문파의…… 그것도 검성의 제자를 불러와서 어쩌려는 겁니까?"
"확실히 해두자는 것이오. 비무를 청한 것이 우리가 아니라 장 소협이라는 걸 구대문파의 사람을 통해 분명하게 보여주어야 하니까."
"과연…… 검성의 제자가 증인이라면 누구도 의심하지 못하겠군요."
모용전이 남궁지를 다그치듯 보았다. 남궁지는 섣불리 대답하지 못하고 있었다.

모용전은 남궁상을 부추겼다.

"남궁 형이 얘기를 해보시오. 다른 건 몰라도 남궁 소저가 없으면 이 일은 어렵소."

남궁상은 가뜩이나 검왕에게 압박을 당한 터라 더 생각도 하지 않았다.

"지아야, 네가 가서 말해봐라. 그까짓 말하는 게 뭐 어렵냐? 이번 일이 잘돼야 내가 할아버님한테 안 혼난단 말이다."

황보윤이 거들었다.

"그래. 문 대협이 동생에게 푹 빠져 있다는 걸 모르는 사람이 없는데, 이건 동생이 꼭 해야지. 내가 좋자고 하는 게 아니잖아. 가문을 위해 하자는 건데."

남궁지는 대답하지 않았다.

남궁상이 화를 냈다.

"지아, 너! 정말 이럴 거냐! 내가 할아버님께 혼나야 네 속이 풀리겠어?"

남궁지는 그런 남궁상을 빤히 쳐다보더니 미미하게 고개를 끄덕였다.

"……알았어."

"좋아!"

남궁상이 모용전의 손을 덥썩 붙들었다.

"모용 형이 날 살렸소. 정말로 어떻게 해야 하나 고민하고 있었는데."

"황보 소저께서 말씀하신 대로 나 하나 좋자고 하는 일이 아니고 우리 모두를 위해 하는 일이니까요."

"고맙소. 내 이 은혜는 결코 잊지 않으리다."

모용전이 들떠 있는 이들에게 말했다.

"자, 그럼 황보 소저께서는 제갈 소저를 찾아 비무를 성사시키시오. 소림에서 비무 결정이 나기 전에 결행되어야 합니다."

황보윤이 생각만 해도 즐겁다는 듯 쾌활하게 대답했다.

"네! 물론이죠."

"그 후에 제가 장 소협에게 가 비무 참관을 요청하도록 하지요."

모용전이 옅은 미소를 흘리며 말했다.

"장소는 소림 본산이 아니라 산문 밖 공터에서 이루어질 것입니다. 시간이 정해지면 알려드릴 터이니, 모두 해검지에서 각자의 무기를 챙기는 걸 잊지 말고 그곳에서 봅시다."

* * *

하겠다고 대답을 하긴 했지만 남궁지는 아직도 망설이고 있었다.

'수상해.'

이유는 잘 모르겠지만 모용전의 태도가 너무 작위적이었다.

일부러 자존심을 건드리더니 부추기기까지 했다.
거기에 넘어간 남궁상이 병신 같아 보이긴 했지만, 남궁호에게 혼이 난 직후였으니 어쩔 수도 없는 노릇이었다.
'누가 이익을 보는 거지?'
모용전의 말이 크게 틀리지는 않았다.
소림에서 장건을 두고 벌어지는 일이 구대문파 위주로 돌아가서는 안 된다. 비록 이유가 있었긴 하나 세가 측의 우내십존이었던 독선은 소림에서 쫓겨났고, 검왕은 무시당하고 있다.
사람들의 입에서 자꾸만 구대문파가 거론될수록 팔대세가의 입지가 약해지는 것은 자명하다.
이런 상황에 팔대세가에서 끼어들어 자극을 준다면, 모용전의 계획대로만 된다면 팔대세가는 구대문파와 비슷한 수준에서 사람들의 입에 회자될 것이다.
더욱이 아직까지 검왕이 소림에 상주하는 만큼 실패한다 해도 모용전들이 걱정할 일은 없다.
남궁지는 생각에 잠겼다.
무엇보다도 모용전의 계획에서 마음에 들지 않는 건 바로 문사명을 이용한다는 것이었다.
아무리 자신에게 마음을 품은 남자이긴 하나, 바보처럼 장건이 비무하는 모습을 지켜만 볼까?
'아?'
남궁지는 불현듯 모용전의 생각대로 일이 진행되지 않을 거라는 걸 깨달았다.

 장건이 비무에 나서는 순간, 팽탁이 끼어들 겨를도 없이 문사명이 먼저 검을 뽑아들 모습이 눈에 선하다.

 지난번에 본 문사명의 태도라면 그러고도 남을 일이었다. 아니, 장건이 나서기도 전에 한 판 붙자고 덤빌지도 몰랐다.

 '세가연합의 위상을 높이려는 게 아니라…….'

 남궁지는 입술을 잘근 깨물었다.

 '구대문파의 명예에 타격을 가함으로써 그들의 입지를 낮추려는 거였어.'

 이미 소림에서 결정하겠다 공언한 일을 결국은 문사명이, 화산이 나서서 깨뜨리는 꼴이 되어 버리는 것이다.

 '소림과 화산의 사이…… 그리고 청성과 무당 역시 불만을 가지겠지.'

 비무를 주관하기로 한 소림은 우스꽝스럽게 되어 버리고, 청성과 무당은 머저리란 소리를 듣게 될 터다.

 가뜩이나 홍오라는 한 명으로 인해 균열이 간 구대문파의 사이가 더 뒤틀릴 수 있다.

 '끔찍한 일이네.'

 남궁지는 하늘을 바라보았다.

 마치 자신의 마음처럼, 맑던 하늘이 조금씩 어두워지는 듯했다.

 눈이 올 만한 날씨가 아니니 비라도 내릴 것 같았다.

"……까만 콩 들어간 떡 먹고 싶다."

조금은, 뜬금없는 혼잣말이었다.

하지만 문사명이 있었다면 남궁지의 혼잣말을 듣고 학 대신 떡을 구하러 다녔을지도 모른다.

그래서 남궁지는 약간 우울해졌다.

세가를 위해 문사명을 구렁텅이로 끌어들이는 일이 정말로 옳은 일일까?

* * *

황보윤은 동생 황보구와 함께 소림 외원을 돌아다니고 있었다. 겨울인데도 환하게 꽃이 그려진 옷을 입고 있어서 화사해 보였다.

"어머~ 안녕하세요?"

보는 사람마다 반갑게 인사하는 그녀의 얼굴에는 생글생글 웃음꽃이 피어 있었다.

그렇게 여기저기 인사를 하느라 황보윤은 앞에서 퉁퉁 부은 얼굴로 걸어오던 사람을 발견하지 못한 모양이었다.

"건이 오빠는 나랑 놀아주지도 않고, 백리연 그 여시 같은 건 자꾸 오빠를 따라다니고……."

구시렁대던 제갈영이 앞에서 고개를 돌리고 오는 황보윤을 발견하고는 옆으로 슬쩍 몸을 비켜섰다.

그런데 황보윤도 제갈영이 비키는 쪽으로 함께 움직이는 게 아닌가!

탁!

"어맛!"

그냥 툭 부딪친 것뿐인데 황보윤은 장력에라도 맞은 듯 뒤로 엉덩방아를 찧었다.

황보구가 비명처럼 소리를 질렀다.

"앗! 누나!"

제갈영은 황당했지만 먼저 사과했다.

"미안해요."

황보구가 황보윤을 부축하다가 눈썹을 치켜떴다.

"뭐? 너 지금 장난하냐?"

"네?"

황보구가 윽박질렀다.

"지나가던 사람을 일부러 쳐놓고 미안해? 이게 말이면 다 하는 줄 아나."

제갈영은 황당해서 어이가 없다는 얼굴로 황보구와 황보윤을 쳐다보았다.

소란이 생기자 주변 사람들의 시선이 제갈영과 황보윤들에게 쏠리기 시작했다.

황보윤이 툭툭 옷을 털며 말했다.

"내버려 둬. 제갈가잖아."

"하지만……."

"제갈가의 사람들이 다 똑같지 뭐."

황보윤과 황보구는 제갈영을 힐끗거리며 지나갔다. 제갈영의 어깨가 살짝 떨렸다.

"거기 잠깐!"

걸려들었다.

황보윤과 황보구는 기분 좋은 표정을 내색하지 않으며 짜증나는 투로 멈춰 섰다.

"왜?"

제갈영이 씩씩대며 황보윤을 올려다보았다.

"그게 지금 무슨 뜻이야?"

"무슨 뜻? 말 그대로야. 우리가 황보가의 사람인 걸 알아보고 일부러 친 거잖아. 제갈가가 팔대세가에서 빠졌다고 괜히 우리들한테 시비 거는 거 아냐, 지금."

"그, 그렇지 않아!"

몇 년 전, 제갈가가 팔대세가에서 밀려난 것은 가문 전체의 불명예였다. 그것을 들먹이자 제갈영도 화가 날 수밖에 없었다.

황보윤이 머리카락을 만지며 고개를 삐딱하게 눕혔다.

"아아, 짜증나. 능력도 안 되면서 팔대세가의 자리를 노리지 않나, 괜히 이 사람 저 사람에게 시비 걸고 다니지 않나."

황보윤이 피식 웃더니 제갈영을 위아래로 훑어보며 말했다.

"이런 볼 것도 없는 애송이가 겁탈당했네, 어쩌네 하면서 장 소협에게 붙을 때부터 알아봤지. 안 될 거 뻔히 알면서 떨어지는 부스러기라도 주워 먹으려고 했던 거 아냐?"

"그렇지 않다니까!"

"그렇지 않긴. 머리 쓰는 가문으로 유명하다더니, 고작 이런 데에나 머리를 굴리나 봐? 그러니까 팔대세가에서도 쫓겨났지. 이제 보니 당연한 일이었네, 뭘."

"이게 정말?"

제갈영도 결국 욱 하고 말았다.

"너 죽을래!"

"어머 무서워, 무서워서 이젠 소림에서 돌아다니지도 못하겠어."

"그만 빈정거려!"

황보구가 고개를 절레절레 저었다.

"역시 돼먹지 못한 집안 애들은 뭐가 달라도 다르다. 당당하게 비무를 하자는 것도 아니고 다짜고짜 죽여 버리겠다니. 누나, 이런 애하고 상대하지 말고 가자. 우리까지 우스워지겠다."

이미 눈이 휙 돌아간 제갈영이 소리쳤다.

"비무해! 너희들 다 죽었어!"

그 순간, 황보윤과 황보구는 회심의 미소를 지었다.

"그래?"

*   *   *

비무가 성립되었다.

황보윤이 제대로 잘 해준 모양이다.

그러나 소식을 들은 모용전은 그들을 비웃고 있었다.

"바보들. 조금만 부추겨주면 똥인지 장인지도 모르고 우쭐거린단 말야."

모용전의 계책은 그야말로 적절했다.

제갈영에게 시비를 붙여 소림 밖으로 유인해낸다. 그리고 비무라는 핑계 하에 지독한 꼴을 보이게 만든다. 여기에 어울리는 건 사실 양소은이 아니라 양소은보다는 조금 무공이 떨어지는 황보윤이었다.

언뜻 귀엽고 명랑하게 보이는 황보윤이지만 손 씀씀이는 악독하기 그지없었다. 요즘 같은 시대에 그럴 리야 없겠지만 만약 정사대전 같은 일이라도 벌어진다면 웃으면서 상대의 내장을 뽑을 성격이었다.

그렇게 제갈영이 당하더라도 모용전은 결코 비무를 중단시키지 않을 것이다. 그래야 장건이 반드시 말리려 할 것이니 말이다.

장건이 말리려 하는 순간에는 이미 심리적으로 어지러운 상태에 있을 터, 그런 상태에 있는 장건을 끌어들여 비무를 하게 만드는 것은 일도 아니다.

만일 생각 외로 제갈영에게 정이 없어 비무를 말리지 않는다면, 그것 역시 모용전에게는 좋은 일이다.

최악의 경우 제갈영은 황보윤의 손에 죽게 될 것이다. 자신의 여자나 다름없는 제갈영이 죽도록 내버려두는 것을 양소은이 본다면?

'정이 뚝 떨어지겠지.'

또한 모용전은 장건이 눈이 뒤집혀 마구잡이로 날뛸 경우도 대비했다.

문사명.

남궁지를 두고 장건에게 가뜩이나 질투를 느끼는 문사명이 장건을 막게 될 것이다. 아니, 아예 싸운다고 해도 좋다.

어떻게 되든 구대문파의 자존심이나 체면은 구겨질 것이고, 모용전은 원하는 대로 장건에게서 양소은의 관심을 끊어낼 수 있게 될 것이니까.

어느 쪽이든 손해보는 것은 없다.

모용전은 소리 없이 웃었다.

이제 장건에게 비무의 참관인으로 참석해달라 요청하러 갈 시간이었다.

*　　　*　　　*

중경의 묘아산.

강호의 이목이 모두 소림에 집중되어 있는 와중에 누구도 신경 쓰지 못한 일이 이곳에서 벌어지고 있었다.
 휘—익!
 산중의 깊은 계곡 아래에서 하나의 인영이 솟구쳐오른다.
 얼마나 몸이 가벼운지 가파른 계곡의 벽면을 한번 디딜 때마다 몇 장씩을 훌쩍 뛰어올랐다.
 겨우 서너 번의 도약으로 계곡 위까지 도달한 인영은 만족한 듯 웃으며 가슴을 활짝 폈다.
 멀리 산 아래의 풍경들이 한꺼번에 펼쳐져 있어 장관이다.
 "절로 호연지기가 품어지는 광경이로구나. 이 얼마나 보고 싶던 하늘이고 그리웠던 풍광인가!"
 약관을 넘어 이십 대 중반 정도 되어 보이는 청년이었다.
 청년은 더럽고 지저분한, 거지들조차 옷이라고 부르기도 민망한 천 쪼가리를 걸치고 있음에도 맑은 눈빛을 가지고 있었다. 난발이 되어 허리까지 내려온 머리카락과 제대로 씻지 못해 더러운 것을 제외한다면 절세 미남자라고 해도 무방할 정도의 용모를 가졌다.
 손에는 고검(古劍)을 들었는데 한눈에 보기에도 범상치 않은 예기가 흐르고 있었다.
 청년은 지난 세월을 회상하듯 지그시 눈을 감았다.
 "천룡검(天龍劍)……."
 청년의 손에 들린 고검이 오색 찬연한 검광을 뿌리기 시작했다.

"차―앗!"

눈을 뜬 청년이 돌연 계곡 아래로 뛰어내렸다.

"이야아아압!"

허공에서 몇 번이나 곡예를 하듯 몸을 돌리던 청년이 절벽을 향해 검을 내질렀다.

파파팟!

십여 장을 무서운 속도로 떨어져내리고 있음에도 청년은 아랑곳 않고 계속해서 검을 휘두른다.

황금빛이 검신을 둘러싸고 눈이 부실 정도의 광채를 사방으로 뿜어 댔다.

그러다가 어느 순간 청년은 절벽 가운데에 몸을 삐죽 내민 앙상한 나뭇가지를 밟고 다시 뛰어올랐다.

투―웅.

나뭇가지에는 조금의 손상도 주지 않은 채 청년은 다시 위로 솟구쳤다.

어느샌가 절벽에는 청년이 검기로 새겨낸 큼지막한 글자들이 쓰여져 있었다.

삼십사대 천룡검주(天龍劍主)!

절벽 위로 뛰어오른 청년이 고검을 조심스레 검집에 갈무리하고는 굳은 얼굴로 포권을 하며 세상을 향해 소리쳤다.

"천룡검 삼십사대 전수자 고현! 이십 년간의 수련을 마치고 강호에 출도하려 합니다. 늘 협과 정의에 앞장설 것이며 삼십 사대 천룡검의 주인으로서 본문의 이름을 세상에 널리 알릴 것입니다!"

이십 년간 무려 두 번의 환골탈태를 거쳐 본래라면 중년의 나이로 보여야 할 고현이 약관의 청년으로 보이는 것이다.

이윽고 고현은 정기 어린 눈을 부릅뜨고 씹어 내뱉듯 혼잣말을 했다.

"아버님, 어머님. 소자가 돌아왔습니다. 반드시 두 분의 묘소에 원수의 목을 베어 갈 터이니, 조금만…… 조금만 기다려 주십시오."

맺힌 눈물을 애써 털어 버린 고현은 입술을 깨물더니 맹수와 같은 기세를 사방에 떨쳤다.

"오오오오!"

고현의 눈물 섞인 격노성에 계곡이 흔들리며 산새들이 마구 날아올랐다.

『일보신권』 8권에서 계속

마법군주

인 칼리스타

발렌 판타지 장편소설
FANTASYSTORY & ADVENTURE

『리턴』,『얼음군주』의 작가 발렌!
유롭고 유쾌한 상상력이 돋보이는 판타지 장편소설.

미천한 하인에게 죽음과 함께 찾아온 영혼의 부활.
기적처럼 뒤바뀐 한 남자의 운명이 대륙의 역사를 새로 쓴다!

귀족의 폭정에 고통 받는 모든 이들을 구하기 위해
칼리스타 백작, 마침내 그의 의지가 세상을 변혁시킨다!

dream books
드림북스

Hell Drive

헬드라이브

엽사 판타지 장편소설
FANTASYSTORY & ADVENTURE

『능력복제술사COPY』, 『소울 드라이브』의 작가!
엽사 판타지 장편소설

세상의 모든 불길을
다스리는 화염의 지배자!

그를 분노케 하지 말라!
그가 눈을 뜨면 지옥의 문이 열린다!

dream books
드림북스